INVENTAIRE
Z 12.344

AF461907

LE BAISER DU DIABLE.

Z 173
85.6

Z

12344

LECTURES POPULAIRES

6.

LE BAISER DU DIABLE

PAR

S. HENRY BERTHOUD.

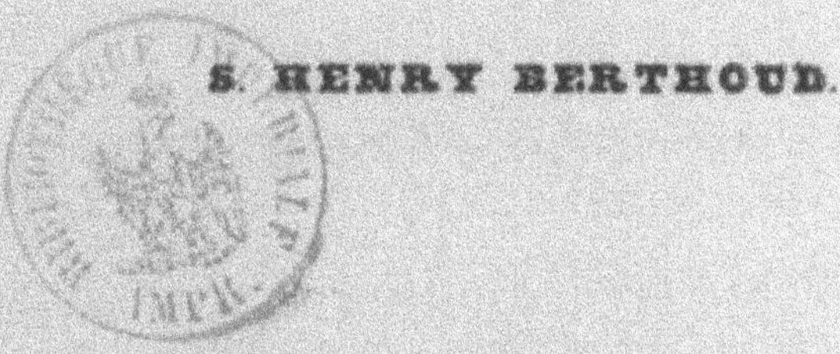

PARIS

RENAULT ET Cie, LIBRAIRES-ÉDITEURS

RUE D'ULM, 48

1861

LE BAISER DU DIABLE

CHAPITRE PREMIER.

WILLIAMS LONGUE-BARBE.

Retenu deux ans prisonnier par l'empereur d'Allemagne, le roi Richard Cœur-de-Lion, dès qu'il fut arrivé en Angleterre et qu'il eut repris possession de son trône, ne s'occupa plus que du seul projet de se venger. Ce fut Philippe, roi de France, dont les calomnies, les intrigues et les menées frauduleuses avaient non-seulement prolongé cette captivité, mais encore troublé, par tous les moyens possibles, la paix de l'Angleterre, qu'il résolut de punir le premier.

Il partit donc pour la Normandie, ôta le commandement de cette province à son frère Jean, et ne tarda point à se trouver, avec des forces considérables, en présence du roi son ennemi, qui s'avançait à la tête de ses troupes. La rencontre eut lieu, dans la Saintonge, près de Niort.

Pendant la nuit, les deux armées campèrent l'une devant l'autre, séparées seulement par une petite rivière, et le lendemain au point du jour chacun prépara ses armes pour combattre.

Déjà les cavaliers montaient à cheval et les fantassins cherchaient les endroits guéables de la rivière, lorsque soudain, à la grande surprise des gens d'armes, on entendit un chant religieux s'élever entre les deux camps, et l'on vit arriver une procession nombreuse d'évêques, d'abbés, de prêtres et de religieux de différents ordres. Ils s'arrêtèrent sur le bord de la rivière, et après avoir élevé un autel de gazon, sur lequel ils placèrent le Saint-Sacrement, tous se mirent à genoux et commencèrent à chanter des psaumes. Après ces prières publiques, les évêques de Troyes et de Niort donnèrent leur bénédiction aux soldats et se rendirent, le premier dans la tente du roi de France, le second près du roi d'Angleterre, pour les supplier de différer un combat qui devait désoler le pays et causer la mort de tant de braves gens. Ils aidèrent à leurs supplications en proposant plusieurs arrangements qui pouvaient terminer la guerre.

Richard accueillit ces prières avec faveur et

consentit à faire quelque concession, mais Philippe se montra dur et inflexible.

— Je ne quitterai l'épée, s'écria-t-il, qu'après avoir reçu le serment de vasselage du roi Richard pour les provinces de Normandie, de Guyenne et du Poitou, qui relèvent de moi.

Il parlait ainsi parce qu'il croyait avoir attiré dans son parti, à force de promesses et d'or, les Danois, qui lui avaient juré de ne point charger à l'encontre des siens. Mais lorsqu'au moment d'en venir aux mains, il vit cette espérance déçue et les Champenois se couvrir la tête de leur casque pour marcher au combat, sa rudesse et son inflexibilité se changèrent en frayeur; il fit rappeler l'évêque de Niort et l'envoya près de Richard lui dire qu'il déclarait ce prince quitte de tout vasselage s'il voulait signer la paix.

Quand le prélat et les siens rencontrèrent le monarque anglais, celui-ci, le casque en tête et l'épée à la main, venait de passer la petite rivière qui séparait les deux camps, et sans prendre garde à l'évêque qui s'avançait pour lui parler, il se tourna vers les archers afin de leur donner l'ordre de lancer les premières flèches; le prélat courut à l'autel, saisit le Saint-Sacrement et revint se placer en face du roi, auquel il barra le passage :

— Au nom du sang que le Christ a répandu pour nous sur la croix, s'écria-t-il, au nom du salut de votre âme, sire, n'allez pas plus loin et prenez pitié de nos larmes et de nos angoisses. Le roi de France déclare qu'il renonce à toute prétention relativement au vasselage de vos provinces, et il se retirera aujourd'hui même sur le territoire de son royaume.

— Richard porta un regard belliqueux sur son armée, et plein de confiance et d'orgueil il donna de l'éperon à son cheval pour le faire avancer, oubliant dans son ardeur guerrière que l'évêque était là devant lui. Le vieux prélat, heurté par le destrier, tomba rudement à terre, et le saint ciboire qu'il tenait s'échappa de ses mains et alla se briser contre le tronc d'un arbre. A la vue de l'hostie sainte gisant sur le limon de la rive et en présence du vieillard évanoui, un murmure de mécontentement s'éleva dans toute l'armée : Richard n'en voulut pas moins avancer de nouveau, mais l'évêque se releva le visage ensanglanté, les vêtements souillés de boue, et s'écria :

— La paix! sire, la paix ! au nom du Christ.

— La paix ! la paix ! répétèrent tous les prêtres et tous les religieux.

Un éclair de rage brilla dans l'œil de faucon du roi.

— En avant, cria-t-il, en avant, gens d'armes !

— En avant ! répondit l'armée.

— Pour avancer, vous foulerez donc sous les pieds de vos chevaux un vieillard et le corps du Dieu vivant ! fit l'évêque en montrant l'hostie.

— En avant!

Mais à ce cri du roi aucune clameur ne répondit

plus cette fois, car tous reculaient devant une si grande profanation. L'évêque, les prêtres et les moines profitèrent de cette hésitation pour répéter :

— La paix, sire ! la paix, sire !

Le roi jeta sur ses soldats un regard d'indignation et de mépris.

— Puisque les gens d'armes pensent comme les prêtres ; puisqu'ils ont peur de bosseler leurs cuirasses et de gâter leurs heaumes... Soit ! la paix ! Que le roi Philippe vienne me trouver et que les conditions du traité soient réglées sur l'heure.

Quelques instants après, le roi de France arriva, suivi de quelques hommes d'armes seulement. Encore leur fit-il signe de s'arrêter à l'entrée du camp. Puis, mettant pied à terre, il alla droit à la tente de Richard, et avant que celui-ci eut eu le temps d'avancer pour le recevoir :

— Richard, dit Philippe avec une grâce et une courtoisie pleines de charmes, je viens seul à vous, non pas en roi, mais en frère, comme il convient à un prince chrétien qui renonce à toute intention de guerre et qui n'a plus qu'un seul désir, celui de mériter votre amitié.

La colère et le ressentiment du roi d'Angleterre ne surent point résister à ces paroles dorées ; elles suffirent pour lui faire oublier la trahison de Philippe : trop loyal pour douter de la loyauté d'un autre, il passa son bras sous le bras du roi de France, et ce fut ainsi qu'ils sortirent de la tente et qu'ils se montrèrent aux deux armées.

A cette vue, des cris de joie s'élevèrent de toutes parts, et l'évêque de Niort entonna le *Te Deum*, que les prêtres répétèrent en chœur. Les deux rois s'agenouillèrent; chacun imita leur exemple, et tous ces hommes, qui naguère encore se disposaient à combattre les uns contre les autres, unirent leurs voix dans la même prière. Bientôt les deux camps n'en formèrent plus qu'un. Comme la plupart des chevaliers qui servaient sous chacun des princes se connaissaient déjà, ils se réunirent pour célébrer la paix par des festins, et le lendemain, au point du jour, chacun d'eux « se départit pour ses « domaines, et ne songea plus, dit un chroniqueur « du temps, qu'à la chasse et aux plaisirs d'une « vie paisible. »

Le roi d'Angleterre et le roi de France, avec leurs suites et un petit nombre de seigneurs qu'ils convièrent à les accompagner, se rendirent à Niort pour achever d'y conclure les conditions de la trêve de dix ans qui avait été résolue, et pour faire quelques parties de chasse, car Philippe passait à juste droit pour l'un des plus experts du temps en l'art de la vénerie, et Richard, jaloux de cette renommée, voulait lui prouver qu'il ne possédait point un savoir-faire moins grand dans la noble science de saint Hubert. Donc, ils coururent le cerf, forcèrent le sanglier et mirent à mort plus d'un ours et d'un loup, à la grande satisfaction du roi d'Angleterre, auquel le rusé roi de France laissa tous les honneurs de la chasse, plus désireux d'obtenir des conditions de paix avantageuses que de diriger les chiens et de donner le premier coup de dague à la bête. Il résulta de ces habiles concessions que Richard prit en grande amitié son frère de France, amitié dont celui-ci profita en diplomate consommé pour limer quelque peu les griffes du lion. Du reste ils ne se quittaient jamais, dînaient à la même table, couchaient dans le même lit et ne faisaient aucune trêve aux joyeux propos.

Un matin, Richard sonnait du cor dans la cour du palais épiscopal, où les deux rois se trouvaient logés, et s'amusait beaucoup de la feinte difficulté avec laquelle Philippe répétait ces fanfares, lorsqu'un homme de haute taille, et qui portait, contre la mode du temps, une barbe longue, entra dans le séjour royal, alla droit au monarque anglais, et s'agenouillant devant lui :

— Sire, lui dit-il, je viens demander paix et protection pour le pauvre peuple de Londres.

— Et depuis quand mon peuple de Londres manque-t-il de paix et de protection? demanda Richard, dont le mécontentement était visible.

— Depuis que vous n'êtes plus là, sire, pour le protéger contre les prévarications des *aldermen* chargés de prélever et de répartir les tailles. Ils exemptent de toute contribution ceux qui se trouvent le plus en état de payer, accablent l'artisan qui ne vit que du travail de ses mains, et viennent, pour mettre le comble à leurs pillages, de décider que chaque bourgeois paierait la même somme, sans égard à la différence des fortunes. Enfin, ils agissent toujours de manière à ce que la plus lourde charge retombe sur les pauvres gens. C'est pourquoi, sire, j'ai quitté ma femme et ma mère et je suis venu déposer à vos pieds les plaintes de vos fidèles amis et sujets, sûr que vous les prendriez en miséricorde.

— Oui, de par le salut de mon âme, il en sera comme vous le dites, brave homme. Je ne veux point que mon peuple souffre et soit pressuré par des pillards, qui songent plutôt à remplir leurs coffres que les miens... Mais qui donc êtes-vous pour avoir entrepris un si long voyage sans crainte des périls que vous ont valus une si courageuse entreprise ?

— J'ai nom Williams, dit Longue-Barbe. Je suis Saxon. Je dois à mon travail une petite fortune que j'ai acquise dans le commerce, à la sueur de mon front, et retiré des affaires, j'utilise mon temps à étudier les lois de l'Angleterre et à défendre au besoin les droits des pauvres gens.

— Eh bien! Williams, tu es un loyal et courageux sujet ; repars pour Londres, et à peine de retour tu verras que je n'ai point oublié les plaintes que tu viens de déposer à mes pieds. Va, et que Dieu t'accompagne.

— Voici un parchemin où se trouvent consignés tous les griefs des bourgeois contre les *aldermen*, sire.

— Je te jure par mon saint patron qu'il y sera fait justice bonne et prompte.

— Que le ciel vous bénisse, sire, comme vous bénira toute la ville de Londres lorsque je lui apprendrai vos paroles royales et paternelles.

— Et pour preuve de ces paroles, tu pourras montrer à ma bonne ville de Londres ce don de ma munificence, que je t'octroie en guerdon pour ta noble et courageuse entreprise.

En disant cela, le roi détacha de son cou une riche chaîne d'or avec une agrafe ciselée à ses armoiries et la jeta sur les épaules de Williams. Williams, ému jusqu'aux larmes, retourna aussitôt vers le port de mer, où l'attendait le vaisseau qui l'avait amené de Londres.

CHAPITRE II.

LA RECONNAISSANCE DU PEUPLE.

A quelque temps de là, trois hommes se promenaient sur le bord de la mer, dans un endroit propre au débarquement secret d'un petit navire, et semblaient attendre avec anxiété.

— Un mois s'est écoulé depuis son départ, disait l'un d'eux, et Williams à la longue barbe n'est point encore de retour.

— Adam Bel, répliqua un homme dans la force de l'âge, qui tenait à la main une arbalète et que suivaient deux énormes lévriers, vous avez eu follement recours à la justice du roi; il fallait recourir à votre propre justice, comme je vous en ai donné le conseil. Williams, en échange de ses paroles respectueuses et de sa remontrance à Richard, aura reçu la corde d'une potence. Vive Dieu! c'était à coups d'arbalètes et d'épées qu'il aurait dû délivrer les bourgeois de Londres.

— Je reconnais bien là Robin Hood! Mais, camarade, la populace de Londres, honnêtes ouvriers habitués à vivre paisiblement du travail de leurs mains, à manger le dimanche une tête de mouton bouillie et à se trouver abrités sous un bon toit contre le froid et la pluie, s'arrangeraient mal de votre existence errante de chasseur.

— Oui, vous avez raison, compère! Le populaire de Londres est imbécile et lâche : aussi n'est-ce point pour lui que j'ai quitté mes forêts et mes braves compagnons, frère Tuck, le vieux Seath Lockes, Muck et mes quatre cents intrépides veneurs. C'est pour Williams à la longue barbe, dont le courage et le sang-froid m'étonnent d'autant plus qu'il n'est point homme d'épée, mais homme de savoir et d'étude.

— Écoutez! voici le signal dont il était convenu. N'entendez-vous pas au milieu du bruit des vagues le son d'un cor? L'air de la ballade de Robin Hood; c'est Williams!

Et, en effet, bientôt une grande barque normande vint aborder dans la petite baie où se trouvaient Robin Hood et ses deux compagnons.

— Gloire à Dieu! s'écria Williams en sautant de la barque sur le sable. Gloire à Dieu! le cœur du roi Richard s'est ému à mes paroles; il m'a juré par son salut qu'il allait prendre en considération les doléances de la bonne ville de Londres, et pour guerdon de mon dévouement à la sainte cause du peuple il a détaché de son cou cette chaîne d'or pour la passer au mien.

— Et la charte, la charte par laquelle Richard octroie aux bourgeois de Londres les franchises réclamées et une sage répartition des impôts?

— Quoi, Robin! la parole de Cœur-de-Lion ne te paraît point suffisante?

— Cœur-de-Lion a déjà sans doute oublié les promesses qu'il t'a faites; il se trouve trop loin de Londres, il est trop affairé de batailles, il ressent trop le besoin d'argent pour se souvenir encore des remontrances d'un pauvre père qui est venu à lui sans or et sans hommes d'armes. D'ailleurs, quand bien même il manderait de Normandie aux aldermen de répartir autrement les impôts, ils n'en feraient encore qu'à leur guise. Crois-moi, Williams, malgré la chaîne d'or que t'a donnée le roi Richard ne t'expose pas à de nouveaux périls et ne réclame point l'accomplissement d'une parole royale oubliée déjà. Adieu, je retourne dans mes forêts.

— Il a raison, ajouta Adam Bel; pour moi, je vais rentrer paisiblement dans mon logis et ne me soucie point de rompre avec si peu de chance de réussite la soumission que j'ai faite au roi.

— Ni moi non plus, répondit Clim de Cloudesly, leur autre compagnon.

— Eh bien! s'écria Williams à la longue barbe, moi je crois à la parole royale. Je vais aller dire au peuple quelles promesses Richard m'a jurées, et nous verrons si les aldermen feront comme vous et n'en croiront pas cette chaîne, gage irrécusable de la parole de Cœur-de-Lion.

Clim et Adam s'éloignèrent en silence et la tête baissée; Robin Hood resta seul près de Williams.

— C'est une folie que tu vas faire, dit-il, mais n'importe! Il ne sera pas dit que Robin Hood ait abandonné un brave compagnon au moment du péril; si tu vas en avant, j'irai en avant avec toi, seulement songe que tu fais une folie.

Mais Williams, sans l'écouter, se rendit tout droit sur la place principale de Londres. A peine l'eut-on aperçut que le populaire l'entoura avec empressement; bientôt une foule immense suivit ses pas en poussant des acclamations joyeuses. Comme tous savaient le voyage de Williams et le but qu'il s'en proposait, chacun était impatient de savoir quelle réponse du roi Richard apportait le défenseur du peuple. On avait pris, du reste, à tout événement, les armes dont pouvait en ces temps disposer la menue bourgeoisie, c'est-à-dire des batons ferrés, des haches et des leviers en fer.

Plus de cinquante mille personnes, dit un historien du temps, Guillelmus Neubrigensis, se rassemblèrent ainsi autour de Williams, qui, pour satisfaire à leur impatience, dut monter sur l'étal d'un boucher, après qu'on eut traîné cette tribune improvisée au milieu de la place. Là, en vue de tous, il s'écria :

— Le roi Richard m'a fait le serment d'ordonner aux aldermen une sage répartition des impôts : voici le gage qu'il m'a remis de cette parole. Venez donc avec moi consacrer cette chaîne d'or à l'église et au tombeau de saint Thomas Beckett, dont la sainte protection m'a fait accueillir miséricordieusement par le roi.

Il voulut descendre de l'étal, mais la foule prit dans ses bras celui qui venait lui apprendre de si heureuses nouvelles, et ce fut avec de tels honneurs populaires qu'il arriva jusque dans l'église. Là il déposa la chaîne d'or sur le tombeau où naguère le roi Henri II, père de Richard, était venu pleurer et s'humilier sous les verges du clergé anglais. Après cette offrande il se tourna vers le peuple, et prenant pour texte du discours qu'il allait prononcer un passage des livres saints.

« *Haurietis aquas cum gaudio de fontibus Sal-* « *vatoris*, dit-il (1). Permettez-moi, frères, de « m'appliquer ces paroles, car je viens à vous « comme le sauveur des pauvres. Vous pauvres « qui avez éprouvé combien est dure la main des « riches, puisez maintenant à ma source l'eau d'une

(1) Vous puiserez de l'eau avec joie à la source du Sauveur.

« doctrine salutaire, puisez-y avec joie, parce que « l'heure de votre soulagement est venue ; je sé- « parerai les eaux des eaux, c'est-à-dire les hom- « mes des hommes ; je séparerai le peuple humble « et sincère du peuple orgueilleux et sans foi ; je « séparerai les classes réprouvées, comme Dieu sé- « para la lumière des ténèbres ; marchez avec moi, « écoutez ma voix, et bientôt l'injustice aura cessé « et chacun obtiendra son droit. Nous en avons « pour gage la protection du ciel, la parole du roi « et la justice de notre cause. »

Des cris d'approbation et d'enthousiasme répondirent à ces paroles, et, certes, si Williams à la longue barbe l'eût voulu en ce moment, c'en était fait des aldermen et de leur pouvoir inique. Tel était l'avis de Robin Hood, qui voulait marcher à la tête du peuple contre les Pharisiens, disait-il et venger par leur mort la bourgeoisie de Londres. Mais Williams, loin de profiter de cet élan, le réprima de tout son pouvoir et fit serment qu'il abandonnerait la cause de la bourgeoisie s'il se commettait le moindre désordre ou si l'on répandait une seule goutte de sang. Il fallut donc se contenter de se rendre près des aldermen, leur apprendre la volonté du roi et leur en demander l'exécution.

Ceux-ci se gardèrent bien de résister et de faire le moindre refus en face des périls qui les menaçaient; ils répondirent qu'ils se conformeraient aux volontés du roi dès que ces volontés leur auraient été transmises, et demandèrent une semaine, délai plus que suffisant pour que, selon eux, Richard leur envoyât la charte promise par lui aux bourgeois de Londres.

En agissant ainsi ils ne voulaient que gagner du temps, laisser s'apaiser l'effervescence du peuple, et prendre les mesures nécessaires pour réprimer une nouvelle émeute, car ils connaissaient trop bien avec quelle légèreté Cœur-de-Lion faisait des promesses et les oubliait ; ils savaient trop bien quels impérieux besoins d'argent il éprouvait, pour craindre le moins du monde l'arrivée des lettres-patentes de l'espoir desquelles se berçait Williams à la longue barbe. Donc, pendant ce délai de huit jours, on mit en œuvre des agents secrets, qui se répandirent parmi les bourgeois, et cherchèrent à inspirer de la défiance contre Williams. L'archevèque de Cantorbéry et ses justiciers convoquèrent plusieurs réunions de petits bourgeois, leur parlèrent de paix et d'ordre, et furent d'autant mieux écoutés que trente mille hommes d'armes vinrent renforcer les troupes qui formaient déjà la garnison de Londres. Les bourgeois, soit par persuasion, soit moitié faiblesse et moitié frayeur, donnèrent des otages, que l'on s'empressa de conduire loin de Londres. Cependant Williams était retenu dans sa maison depuis quelques jours, car sa femme venait de le rendre père d'une petite fille. Trop loyal d'ailleurs pour douter de la loyauté des autres, il ne soupçonnait rien des périls qui le menaçaient, quand un jour le fidèle Robin Hood vint le prévenir qu'il ne lui restait plus qu'un moyen de salut, la fuite dans les forêts.

— Partons à l'instant, dit-il ; votre femme et votre enfant, confiés à Tuck ou à un autre de mes *outlaws*, viendront vous rejoindre demain.

— Fuir ! moi? s'écria Williams : non vraiment ! L'archevêque de Cantorbéry n'osera pas agir contre les volontés du roi, duquel j'ai reçu la promesse d'affranchir la bourgeoisie.

— Richard ne se souvient ni de toi ni de ses promesses. Fuis avec moi, viens.

— Loin de là, je vais sortir de ma maison, je vais me montrer au populaire, et si les rois manquent à leurs serments, si les archevêques et les aldermen sont des traîtres, le populaire est reconnaissant et défendra son défenseur.

— Le populaire est ingrat et inconstant. Viens, Williams, accepte l'asile que je t'offre.

Mais Williams, sans écouter son ami, se rendit aussitôt sur la place publique. A peine quelques personnes s'approchèrent-elles de lui; le reste s'éloigna lâchement. Parmi les bourgeois qui vinrent saluer Williams, se trouvait un nommé Geoffroy, que Longue-Barbe avait obligé en maintes occasions. Après avoir causé quelque temps avec son bienfaiteur, tout à coup cet homme leva la main et tira sa dague ; au même instant deux assassins se ruèrent sur Williams ; mais celui-ci se tenant sur la défensive, avait déjà tué d'un coup de couteau le traître Geoffroy, et, secondé par Robin Hood, sut tenir courageusement tête aux deux coupe-jarrets, qui succombèrent. Plusieurs soldats accoururent alors pour s'emparer de Longue-Barbe, qui parvint à leur échapper et se réfugia, avec Robin et neuf de ses amis accourus à son aide, dans une église voisine, nommée Sainte-Marie-de-l'Arche. Là ils se préparèrent à se défendre bravement jusqu'au moment où la bourgeoisie, prévenue de leurs périls, viendrait les délivrer. Mais nul ne remua dans la bourgeoisie, car il y avait trop de gens d'armes à Londres, et l'on craignait qu'un mouvement de rébellion ne causât la mort des otages. Aussi les soldats envoyés pour se rendre maîtres de Williams purent-ils entourer sans résistance l'église et le clocher d'une grande quantité de bois sec et vert, qu'ils allumèrent ensuite, et qui produisit une si grande fumée que les assiégés durent se rendre, à l'exception de Robin Hood, qui prit la fuite, quoique blessé. Au moment où Williams descendait du clocher de Sainte-Marie-de-l'Arche, le fils de Geoffroy se jeta sur lui et le frappa d'un coup de couteau, puis les soldats se saisirent du blessé, l'attachèrent à la queue d'un cheval et le traînèrent ainsi jusqu'au gibet, où ils ne suspendirent que son cadavre, car Williams était mort durant la trajet.

NOTE.

Voici comment M. Augustin Thierry raconte l'histoire de Robin Hood :

« Vers le temps où le héros du baronage anglonormand visita la forêt de Sherwood, dans cette même forêt vivait un homme qui était le héros des serfs, des pauvres et des petits, en un mot de la race anglo-saxonne. « Parmi les déshérités, » dit un ancien chroniqueur, « on remarquait alors le fa- « meux brigand Robert Hood, que le bas peuple « aime tant à fêter par des jeux et des comédies, « et dont l'histoire, chantée par des ménétriers, « l'intéresse plus qu'aucun autre. » A ce peu de mots se réduisent toutes nos données historiques sur l'existence du dernier Anglais qui ait suivi l'exemple de Hereward ; et pour retrouver quelques traits de sa vie et de son caractère, c'est aux vieilles romances et aux ballades populaires qu'il faut, de nécessité, avoir recours. Si l'on ne peut ajouter foi aux faits bizarres et souvent contradictoires rapportés dans ces poésies, elles sont du moins un témoignage incontestable de l'ardente amitié du peuple anglais pour le chef de bande qu'elles célèbrent et pour ses compagnons qui, au lieu de labourer pour des maîtres, couraient la forêt, gais et libres, comme s'expriment de vieux refrains.

« On ne peut guère douter que Robert, ou plus vulgairement Robin Hood, n'ait été d'origine saxonne ; son prénom français ne prouve rien contre cette opinion, parce que, dès la seconde génération après la conquête, l'influence du clergé normand fit tomber en désuétude les anciens noms de baptême, remplacés alors par des noms de saints ou d'autres usités en Normandie. Le nom de Hood est Saxon, et les ballades les plus anciennes, et par conséquent les plus dignes d'attention, rangent les aïeux de celui qui le porta dans la classe des paysans. Plus tard, quand s'affaiblit le souvenir de la révolution opérée par la conquête, les poëtes de village imaginèrent d'embellir leur personnage favori de la pompe des grandeurs et des richesses : ils en firent un comte, ou tout au moins le petit-fils d'un comte, dont la fille, ayant été séduite, s'enfuit et accoucha dans un bois. Cette dernière supposition a donné lieu à une romance populaire pleine d'intérêt et d'idées gracieuses ; mais rien de probable ne l'autorise.

« Qu'il soit vrai ou faux que Robin Hood soit né, comme le dit cette romance, « dans le bois verdoyant, au milieu des lis en fleur, » c'est dans les bois qu'il passa sa vie à la tête de plusieurs centaines d'archers, redoutables aux comtes, aux vicomtes, aux évêques et aux riches abbés d'Angleterre, mais chéris des fermiers, des laboureurs, des veuves et des pauvres gens. Ils accordaient paix et protection à tout ce qui était faible et opprimé, partageaient avec ceux qui n'avaient rien les dépouilles de ceux qui s'engraissaient de la moisson d'autrui, et, selon la vieille tradition, faisaient du bien à toute personne honnête et laborieuse. Robin Hood était le meilleur cœur et le plus habile tireur d'arc de toute la bande; et après lui on citait Petit-Jean, son lieutenant et son frère d'armes, dont il ne se séparait jamais dans le péril comme dans la joie, et dont les ballades et les proverbes anglais ne le séparent pas non plus. La tradition nomme encore quelques-uns de ses compagnons, tels que Mutch, le fils du meunier, le vieux Seath Locke et un moine, appelé frère Turck, qui combattait en froc, et, pour toute arme, se contentait d'un lourd bâton. Ils étaient tous d'humeur joyeuse, ne visant point à s'enrichir, mais seulement à vivre de leur butin, et distribuant tout ce qu'ils avaient de superflu aux familles expropriées dans le grand pillage de la conquête. Quoique ennemis des riches et des puissants, ils ne tuaient point ceux qui tombaient entre leurs mains et ne versaient le sang que pour leur propre défense. Leurs coups ne tombaient guère que sur les gens de la police royale et les gouverneurs des villes et des provinces, que les Normands appelaient estaffettes, et que les Anglais appelaient shérifs. « Bandez vos arcs, Robin Hood, « et essayez-en les cordes; dressez une potence « ici près, et malédiction sur la tête de celui qui « fera grâce aux shérifs et aux sergents. »

« Le shérif de Nottingham fut celui contre lequel Robin Hood eut le plus souvent à combattre et celui qui le pourchassa le plus vivement à cheval et à pied, mettant sa tête à prix et excitant ses compagnons et ses amis à le trahir. Mais aucun homme ne le trahit, et plusieurs l'aidèrent à se retirer du péril où sa hardiesse l'entraînait souvent. « J'aimerais mieux mourir, « lui disait un jour une pauvre femme, « que de ne pas tout faire « pour te sauver; car qui m'a nourrie et vêtue, « moi et mes enfans? n'est-ce pas toi et Petit- « Jean? »

« Les aventures surprenantes de ce chef de bandits du XIIe siècle, ses victoires sur les hommes de race normande, ses stratagèmes et ses évasions furent longtemps le seul fond d'histoire nationale qu'un homme du peuple en Angleterre transmit à ses fils, après l'avoir reçu de ses aïeux. L'imagination populaire prêtait au personnage de Robin Hood toutes les qualités et toutes les vertus du moyen âge. Il passe pour avoir été aussi dévot à l'église que brave au combat, et l'on disait de lui qu'une fois entré pour entendre l'office, quelque danger qui survînt, il ne sortait jamais qu'à la fin. Ce scrupule de dévotion l'exposa une fois à être pris par le shérif et ses hommes d'armes; mais il trouva encore moyen de faire résistance, et, même à ce que dit la vieille histoire, un peu suspecte d'exagération, ce fut lui qui prit le shérif. Sur ce thème les ménétriers anglais du XIVe siècle ont composé une longue ballade, dont quelques lignes méritent d'être citées, ne fût-ce que comme exemple de la couleur franche et animée que le peuple donne à sa poésie dans les temps où il existe une littérature véritablement populaire :

« En été, quand la verdure est belle et les feuilles « larges et longues, il y a plaisir dans la forêt à « écouter le chant des oiseaux ;

« A voir les chevreuils quitter la colline pour se « retraiter dans la plaine et se mettre à l'ombre « sous les feuilles vertes du bois.

« C'était un jour de Pentecôte, de bonne heure, « un matin de mai, un de ces jours où le soleil se « lève beau et où les oiseaux chantent gaîment.

« Par la croix du Christ, dit Petit-Jean, voilà « une joyeuse matinée, et dans toute la chrétienté « il n'y a pas un homme plus joyeux que moi.

« Ouvre ton cœur, mon cher maître, et songe « qu'il n'y a pas dans l'année de plus beaux temps « qu'un matin de mai.

« Une chose me pèse, dit Robin Hood, et me « chagrine le cœur, c'est de ne pouvoir, en aucun « jour de fête, entendre messe et matines.

« Il y a quinze jours et plus que je n'ai vu mon « Sauveur, et je voudrais aller à Nottingham, avec « l'aide de la bonne Marie.

« Robin va seul à Nottingham, et Petit-Jean « reste au bois de Sherwood; il va dans l'église de « Sainte-Marie et s'agenouille devant la croix..... »

« Robin Hood ne fut pas simplement renommé pour sa dévotion aux saints et aux jours de fêtes ; lui-même eut, comme les saints, son jour de fête dans l'année; et dans ce jour, chômé religieusement par les habitants des hameaux et des petites villes d'Angleterre, il n'était permis de s'occuper de rien, sinon de jeux et de plaisirs. Au xve siècle, cet usage était encore observé, et les fils des Saxons et des Normands prenaient en commun leur part de ces divertissements populaires, sans songer qu'ils étaient un monument de la vieille hostilité de leurs aïeux. Ce jour là, les églises étaient désertes comme les ateliers; aucun saint, aucun prédicateur ne l'emportait sur Robin Hood; et cela dura même après que la réforme eut donné en Angleterre un nouvel essort au zèle religieux. C'est un fait attesté par un évêque anglican du xvie siècle, le célèbre et respectable Latimer.

« Des traces de ce long souvenir, dans lequel s'anéantit pour le peuple anglais le souvenir même de l'invasion normande, subsistent encore aujourd'hui. On trouve dans la province d'York, à l'embouchure d'une petite rivière, une baie qui, sur toutes les cartes modernes, porte le nom de Robin-Hood; et il n'y a pas bien longtemps que, dans la même province, près de Pontefrac, l'on montrait aux voyageurs une source d'eau vive et claire qu'on appelait le puits de Robin-Hood et qu'on les invitait à y boire en l'honneur du fameux archer. Durant tout le xviie siècle, les vieilles ballades de Robin Hood, imprimées en lettres gothiques (espèce d'impression que le bas peuple anglais affectionnait singulièrement), circulaient dans les villages où elles étaient colportées par des hommes qui les chantaient sur des espèces de récitatifs. On en compila même plusieurs collections complètes à l'usage des lecteurs des villes, et l'un de ces recueils portait le titre élégant de *Guirlande de Robin-Hood*. Aujourd'hui ces livres, devenus rares, n'intéressent que les érudits, et l'histoire des héros de Sherwood, dépouillée de ses ornements poétiques, ne se lit plus que parmi les contes à l'usage des enfants.

« Aucune des ballades qui nous ont été conservées ne raconte la mort de Robin Hood ; la tradition vulgaire est qu'il périt dans un couvent de femmes, où un jour, se sentant malade, il était allé demander des secours. On devait lui tirer du sang, et la nonne, qui savait faire cette opération, ayant reconnu Robin Hood, la pratiqua sur lui de manière à le tuer. Ce récit, qu'on ne peut ni affirmer ni contester, est assez conforme aux mœurs du XIIe siècle; beaucoup de femmes, dans les riches monastères, s'occupaient alors à étudier la médecine et à composer des remèdes qu'elles offraient gratuitement aux pauvres. De plus, en Angleterre, depuis la conquête, les supérieures des abbayes et la plus grande partie des religieuses étaient d'extraction normande, ainsi que le prouvent leurs statuts, rédigés en vieux français : cette circonstance explique peut-être comment le chef des bandits saxons, que les ordonnances royales avaient mis *hors la loi*, trouva des ennemies dans le couvent où il était allé chercher assistance. Après sa mort, la troupe dont il était le chef et l'âme se dispersa;

et Petit-Jean, son fidèle compagnon, désespérant de se maintenir en Angleterre et poussé par l'envie de continuer la guerre contre les Normands, se rendit en Irlande, où il prit part aux révoltes des indigènes. »

CHAPITRE III.

ANGE ET DÉMON.

Tandis que le meurtre de Williams Longue-Barbe s'accomplissait, sa jeune femme, récemment accouchée, se laisait aller au bien-être de la convalescence et passait des heures entières à regarder, mollement étendue sur un lit de repos, le berceau dans lequel dormait son enfant nouveau-né. Jane, fille d'un riche marchand de Londres, aimait Williams avec un amour plein de vénération. Quoiqu'il fût d'un âge beaucoup plus élevé que le sien, elle avait préféré pour époux le défenseur courageux et désintéressé de la bourgeoisie à tous les jeunes, beaux et riches cavaliers qui se disputaient sa main. Williams était tout pour elle, et rien ne manquait à son cœur, aucun désir ne se présentait à son imagination quand Williams se trouvait assis près d'elle, quand elle pouvait attacher ses regards sur les traits mâles et nobles de cet homme courageux, quand elle entendait sa voix, si puissante et s douce. Pour lui complaire, elle s'était associée aux dévouements patriotiques de son mari : seulement elle n'y prenait que la part qui sied à une femme, et les pauvres et les malades du menu peuple bénissaient Jane presque à l'égal des bénédictions qu'ils donnaient à Williams. Jane avait toujours une aumône pour leur misère, un baume pour les maladies de leur corps, une consolation pour les chagrins de leur âme ; on allait à Jane lorsque l'on était malheureux, et personne de ceux qui imploraient son aide ne la quittaient sans la bénir, car, rien que de la voir, ils se sentaient moins à plaindre.

Jane ignorait tous les périls qui menaçaient Williams, et ce dernier, profitant de la manière recluse dont vivait sa femme depuis qu'elle était devenue mère, avait fait la défense expresse à tous ceux qui l'approchaient de la prévenir en aucune façon de ce qui se passait. Donc, pleine de sécurité, paisible et heureuse de sa maternité, elle attendait sans inquiétude le retour de Williams, qu'elle était habituée à voir souvent s'absenter du logis des journées entières, lorsqu'elle vit entrer tout à coup chez elle une pauvre femme dont elle avait guéri naguère l'enfant d'une maladie regardée comme mortelle.

— Jane, s'écria cette femme, il faut fuir, car les gens d'armes se dirigent du côté de votre maison, et ils vont faire de votre enfant et de vous ce qu'ils ont déjà fait de votre mari : ils vous tueront.

A ces paroles fatales, Jane devint pâle comme

une trépassée et courut au berceau de sa fille, qu'elle saisit dans ses bras ; puis, demi-nue, les cheveux épars, elle se prit à fuir, au hasard, sans but, et ce fut après avoir erré ainsi à travers les rues solitaires, et dont la terreur avait fait fermer toutes les maisons bien longtemps avant le couvre-feu, qu'elle arriva dans un lieu désert et inconnu pour elle. Epuisée par la fatigue et les pieds ensanglantés, elle tomba affaisée sur elle-même, au pied d'un poteau que la lune vint à éclairer bientôt. C'était le gibet où les soldats avaient suspendu le corps de Williams.

Mais Jane regarda ce gibet et le cadavre sans qu'aucune émotion apparût sur ses traits immobiles. Jane ne donna pas plus d'attention au vagissement du nouveau-né qu'elle pressait machinalement dans ses bras : l'infortunée avait perdu la raison, et il ne lui restait plus qu'une seule pensée, qu'une seule sensation : la terreur.

Elle était donc là, penchée vers la terre, prêtait l'oreille au bruit des feuilles sèches frissonnantes, écoutait le souffle du vent et tressaillait chaque fois que la bise jetait une plainte plus lamentable. Peu à peu la bise se tut et les feuilles sèches devinrent immobiles! Alors Jane s'adossa contre le pied du gibet et tomba dans une sorte d'engourdissement produit par la fatigue et par le froid. Cependant la lune avait disparu de nouveau sous les nuages épais à travers lesquels s'était échappée naguère une de ses lueurs, la neige commençait à descendre du ciel à gros flocons, et peu à peu Jane et son enfant disparurent sous un linceul glacé qui s'amassa lentement sur leurs membres presque sans vêtements.

Un silence funèbre régna longtemps dans ces lieux funèbres et maudits ; les oiseaux nocturnes, chassés par la neige, s'étaient réfugiés au fond des ruines dont le gibet se trouvait avoisiné ; aucun souffle n'agitait l'air : Londres, ensevelie dans le sommeil et comme engourdie par le froid, n'envoyait pas jusqu'à cette solitude écartée le moindre murmure. Tout à coup Jane tressaillit et souleva la tête ; sans doute aux approches de la mort la raison lui était revenue, car l'infortunée tenta de fuir loin du gibet et voulut réchauffer son enfant contre sa poitrine : mais ce fut en vain. La pauvre femme retomba sur le sol glacé, deux larmes mouillèrent ses yeux, l'enfant s'échappa de ses bras et le silence recommença de nouveau.

Alors un ange descendit des cieux pour recueillir l'âme pure et sainte qui venait de se délivrer de son enveloppe mortelle.

— Ma sœur, lui dit-il en se penchant vers elle avec cet ineffable sourire qui n'appartient qu'aux bienheureux, viens prendre ta place parmi le chœur des martyrs, où Williams, ton Williams, t'attend, le front ceint d'une auréole immortelle. La félicité qui commence pour toi n'aura point de terme ; viens aux pieds de Dieu pour l'éternité !

Mais une pensée terrestre, si l'on peut appeler

de ce nom profane une pensée d'amour maternel, restait encore à l'âme sans tache prête à entrer dans le ciel.

— Ma fille! murmura-t-elle en détournant les yeux vers la terre ; ma fille !

— Encore quelques instants, répondit l'ange, elle te suivra dans le paradis.

Et la sainte, portée sur les ailes de son guide divin, s'envola radieuse vers la Jérusalem céleste; puis l'ange revint près de l'enfant... Jugez de sa surprise et de sa consternation lorsqu'il vit un démon accroupi devant la frêle créature en proie aux convulsions de l'agonie.

— Que fais-tu là, réprouvé? s'écria le fils du ciel, ne sais-tu pas que cet enfant est la fille de deux martyrs?

— C'est pour cela que l'enfer trouvera en lui une proie plus précieuse, beau chérubin, ricana le démon. Oui, la fille de deux martyrs, la fille de deux habitants du paradis partagera notre éternité de désolation, car elle n'a point été baptisée. Donc elle appartient à Satan, mon maître.

— Arrière! fit l'ange en se penchant sur le cadavre de la mère pour recueillir, au bout du rameau qu'il tenait à la main, une des larmes qui brillait encore aux paupières de Jane : Arrière ! car cette larme va baptiser l'enfant.

— Si je le veux! répliqua le démon, dont le souffle de feu tarit à l'instant la larme.

L'ange, consterné, détourna la tête, et le démon

jouit quelques instants du triomphe qu'il venait d'obtenir.

— Te voilà vaincu, chérubin. Tu vas reprendre seul ton vol vers le ciel, et le sourire des autres anges t'accueillera de son sarcasme poignant. C'est là un cruel échec pour ton orgueil.

— Méchant! l'orgueil et le sarcasme sont inconnus au ciel.

— Mais non pas le regret du moins. Or, c'est un juste motif de regret que de perdre une âme d'enfant; que de voir tomber dans les ténèbres éternelles celui pour la venue duquel commençaient déjà peut-être, parmi les chœurs célestes, les *alleluia* et les *hosanna*. A moi l'âme sainte!

L'ange se voilà de ses ailes pour dérober sa tristesse aux regards du mauvais esprit.

— Voyons, ne te désespère pas ainsi, fit le démon. Tu peux encore racheter cette âme. L'enfant n'a point encore rendu le dernier soupir, et, si tu le veux, je consens, non pas à ce qu'il entre de suite dans le paradis, mais à le laisser vivre. Plusieurs amis de Williams sont à la recherche de Jane et de son enfant; je les ai tenus jusqu'à présent écartés de ces lieux; accepte les conditions que je veux te proposer, et je retourne dans mon royaume sombre. Alors ces bourgeois arriveront ici, trouveront l'enfant, le baptiseront, le recueilleront, l'élèveront, et c'est au plus adroit de nous deux qu'appartiendra son âme. Ces arrangements te conviennent-ils?

— Et quel prix mets-tu, fils de l'enfer, aux conditions que tu me proposes ?

— Un seul : tu me laisseras prendre un baiser sur ton front.

— Misérable ! fuis, ou j'appelle mes frères pour te frapper de leurs épées flamboyantes.

— Ah ! ah ! bel ange, vous prêchez la charité, mais vous ne la pratiquez point ; vous préférez la perte d'une âme à la souillure passagère que vous causeraient mes lèvres. Soit ! A moi l'âme de l'enfant, car je serais un insensé, moi démon, de lui témoigner une compassion qu'un ange n'éprouve point pour lui.

En disant cela il étendit ses mains armées de griffes pour saisir sa proie. L'ange jeta un cri de douleur.

— Pardonnez-moi, mon Dieu, ce que je vais faire pour sauver une âme ! s'écria-t-il. Mais votre divin Fils n'est-il pas mort sur la croix pour le salut des humains, et dois-je préférer lâchement mon propre bonheur au bonheur éternel de cet enfant ! J'accepte ton pacte, démon.

Et tremblant, consterné, il présenta son front aux lèvres immondes du réprouvé. Celui-ci s'empressa de donner le baiser fatal à l'ange, qui frissonna sous l'abominable contact, et dont le visage exprima quelque chose de la douleur sublime que Rubens a mise sur le visage de la Madeleine dans son tableau : *la Descente de croix*.

— Ce n'est pas tout d'être charitable, ricana-t-il

quand il eut imprimé son infernale souillure au chérubin, ce n'est pas tout d'être charitable, il faudrait encore se montrer prudent. Or, bel ange, la tache dont j'ai stigmatisé ton front est, je l'espère bien du moins, éternelle, et tu l'aurais évitée en agissant avec moins d'étourderie et en apprenant de tes frères ce que tu vas apprendre de moi. Cet enfant n'est point et n'a jamais été destiné à mourir aujourd'hui; ton Dieu le destine à une longue vie d'épreuves... Tu as agi avec présomption, et je t'ai fait un mensonge... Adieu. Tu te souviendras d'Astaroth !

Il disparut, laissant après lui de longues traces de flamme.

Le chérubin, confus et la tête voilée sous ses ailes, s'agenouilla et tendit les mains vers les cieux en signe de repentir et pour implorer la miséricorde divine. Bientôt il se sentit enlacer doucement dans les bras d'un ange et il entendit une voix qui le consolait : c'était Gabriel, le chef de la milice divine.

— Asraël, lui dit-il, console-toi, car ton malheur ne reste pas sans remède et tes afflictions auront un terme. Si tu n'avais point douté de la miséricorde de Dieu, ton front ne serait pas flétri par cette souillure, qui t'interdit désormais l'entrée du ciel. Mais le Très-Haut, dans sa miséricorde et parce que tu as péché par charité, te laisse l'espoir de revenir prendre la place que tu occupais parmi tes frères, le jour où la famille des Williams comptera quatre martyrs dignes, par leurs vertus ou par les expiations qu'ils auront supportées, de former un nouveau chœur de la milice céleste. Tes épreuves seront alors terminées et tu reviendras parmi nous dans les cieux.

Gabriel, à ces mots, quitta l'ange et le laissa versant des larmes amères et regrettant avec désespoir le paradis, qui lui restait fermé pour des temps d'épreuves si longs.

CHAPITRE IV.

LE VIEUX PRÊTRE.

Lorsqu'il eut cessé d'entendre la voix de l'archange, lorsqu'il se trouva seul et abandonné sur la terre, le chérubin Asraël sortit du profond abattement où l'avait jeté d'abord l'arrêt qui le frappait, et voulut s'élancer sur les traces de son frère, qui remontait au ciel. Il s'éleva rapidement jusqu'aux limites de l'atmosphère de notre globe; mais arrivé là, une force insurmontable brisa les efforts de ses ailes. Il ne put jamais franchir la barrière invisible qui le retenait captif. Ni ses efforts, ni ses larmes, ni ses prières suppliantes ne parvinrent à fléchir la volonté divine qui le repoussait. Accablé de lassitude, le cœur gros de larmes, il redescendit sur la terre et trouva la fille de Williams et de Jane entourée d'un groupe nombreux de bourgeois venus pour rendre les devoirs de la sépulture à Williams Longue-Barbe, et surpris et consternés de trouver près de son cadavre sa femme morte et sa fille expirante.

Une bourgeoise prit la petite fille, l'enveloppa dans les plis de son manteau et chercha tendrement à la réchauffer de son haleine. Pendant ce temps, quatre hommes détachaient du gibet le corps de Williams et le plaçaient dans un suaire qu'ils avaient apporté. Deux femmes rendaient le même soin à Jane et se servaient de leurs longs voiles, attachés ensemble, pour l'ensevelir. Ensuite, tous chargèrent sur leurs épaules ces deux précieux fardeaux et se dirigèrent en silence vers l'église de Sainte-Marie-de-l'Arche, où les attendaient, dans le chœur, trois prêtres agenouillés et qui récitaient des prières.

Quand les pas de ce cortége lugubre grincèrent, en glissant sur les dalles humides de la nef, les prêtres se levèrent et le plus âgé jeta de l'eau bénite sur les restes glacés des deux époux; puis il commença l'office des morts, célébra les mystères de la messe, et après les avoir terminés il se tourna vers les huit ou dix personnes agenouillées dans l'ombre qui priaient avec lui pour le défenseur trépassé des immunités de la ville.

— Frères, leur dit-il, le plus brave et le plus vertueux des bourgeois de Londres a péri victime d'un lâche guet-apens et d'une odieuse trahison; il nous reste trois devoirs à remplir envers lui : jurez-vous par le salut de votre âme, sur votre part de paradis et au nom du Père, du Fils et du Saint-Esprit de vous acquitter de ces devoirs?

— Nous le jurons par le salut de notre âme, sur notre part du paradis et au nom du Père, du Fils et du Saint-Esprit! s'écrièrent unanimement toutes les voix.

— Amen! reprit le prêtre. Or, oyez-moi donc et tenez-vous pour avertis. Le premier de ces devoirs est de ne jamais révéler aux Normands en quelle sépulture reposent les restes du généreux et loyal défenseur dont nous allons déposer le corps sous ce caveau. Je déclare félon, traître à son serment, excommunié, chassé de la sainte Eglise, le coupable qui, directement ou indirectement, par parole ou par geste, trahirait le secret de cette tombe et exposerait à la profanation de si saintes reliques. Anathème sur lui!

— Anathème sur lui! répétèrent tous les assistants avec un geste de menace et de malédiction.

— Secondement, reprit la voix grave et lente du prêtre, il faut jurer de persévérer dans l'œuvre qu'il avait si loyalement et si hardiment commencée. Pour cela, il est nécessaire qu'un de vous entreprenne le voyage de Normandie, que Williams a fait naguère pour vous. Celui qui se chargera de cette mission se jettera aux genoux du roi Richard, lui apprendra le meurtre de Williams et demandera justice contre la trahison des aldermans et l'iniquité de l'archevêque de Cantorbéry. Qui de vous partira pour remplir ce périlleux devoir?

Un silence profond suivit la demande du prêtre.

— Je ne croyais pas trouver tant d'ingratitude en face des reliques encore tièdes d'un martyr mort pour votre cause ! s'écria le prêtre avec indignation. Si personne ne se trouve le cœur d'entreprendre ce voyage et d'aller demander justice pour Williams au roi Richard, c'est moi, vieillard infirme, qui me chargerai de ce soin. Quoi ! personne ne répond, pas même toi, Bertrand de Gourdon, toi le beau-frère de Williams Longue-Barbe, toi qui as épousé la sœur de sa femme !

Bertrand de Gourdon se leva parmi la foule agenouillée et dit :

— Mon père, vous ignorez sans doute que je ne suis Saxon que par mon mariage avec une Saxonne, avec la sœur de cette pauvre Jane, qui me consolait encore hier par ses bonnes paroles de mon récent voyage. Mon père est bourgeois en la ville de Limoges ; je suis né dans le château de Chalus, qui dépend de la même comté : donc je serais mal vu du roi Richard si j'allais, moi qui ne suis point son sujet, lui demander justice pour Williams. Mais puisqu'il ne se trouve point ici parmi tous ces Anglais un cœur assez brave pour se dévouer à la cause de Williams, je vous offre tout ce que je possède pour subvenir aux frais de votre voyage, et qui plus est je vous accompagnerai, mon arbalète sur l'épaule, partout où vous irez. Ainsi, tant qu'il me restera un souffle de vie, vous n'aurez à redouter aucun péril, car mon coup d'œil est juste, ma main est sûre et mon courage à l'épreuve.

— Nous allons partir à l'instant même, dit le prêtre. Dieu nous protégera et nous donnera la force d'accomplir notre œuvre.

Puis, sans colère comme sans reproche, il se tourna vers ceux qui se trouvaient là et leur demanda :

— Qui de vous se chargera de veiller sur la fille de Williams ? Quelle mère deviendra sa mère ? Quel père l'adoptera et en fera sa fille ?

— Ce sera moi, s'il vous plaît, qui prendrai la petite Williams en mon logis, fit un bourgeois nommé Godwin ; ma femme n'a point attendu jusqu'ici pour en faire son enfant, et vous la voyez qui nourrit déjà de son lait la petite orpheline ; dès cet instant l'enfant de Williams devient le mien, il habitera sous mon toit, il prendra place à ma table, il sera vêtu comme mes propres enfants et partagera avec eux l'héritage que je laisserai. Que Dieu me maudisse si je manque à ma parole et si je ne deviens sur l'heure son père !

— Et moi sa mère, ajouta la femme du bourgeois en s'avançant avec la petite fille attachée à son sein.

— Dieu reçoit votre serment, maître Godwin. Allez en paix, mes frères !

Chacun se retira silencieusement. Le prêtre resta seul avec Bertrand de Gourdon.

— Êtes-vous prêt, frère, demanda le prêtre ; une

barque que j'avais fait préparer à tout événement n'attend plus que ses passagers pour partir et faire voile vers la Normandie.

— Accordez-moi un quart d'heure et je reviens pour ne plus vous quitter.

— Quels adieux avez-vous donc à faire à Londres, Bertrand, vous dont la femme n'est plus et dont le père habite la comté de Limoges, vous qui n'avez ni femme ni enfant ?

— Je n'en ai pas moins besoin d'un quart d'heure avant de partir, répliqua l'archer, qui sortit de l'église et se dirigea vers le gibet. Là, il tira de sa poche un couteau, détacha de la potence un morceau de bois long d'une demi-palme, et le plaça, précieusement enveloppé, dans le carquois où se trouvaient ses flèches. Puis il revint à l'église, où le prêtre l'attendait en priant.

— J'ai quatre cents pièces d'or dans mon escarcelle, dit l'archer, cela peut-il suffire aux frais de notre voyage ?

— Ma besace en contient huit cents, répliqua le prêtre. Allons, en route, frère, partons avant que l'archevêque de Cantorbéry n'évente notre dessein et n'y mette des entraves.

— En route !

— Mon Dieu, soyez-nous en aide ! s'écria le vieux prêtre avant de sortir de l'église ; donnez la persuasion à ma voix et la force à mes membres glacés par l'âge. Il s'agit de votre cause, puisqu'il s'agit de la cause des opprimés.

Quelques instants après, une barque les reçut tous les deux et se dirigea vers un bâtiment qui se trouvait à l'ancre non loin de là. Commandé par un capitaine saxon dévoué à la cause de la bourgeoisie de Londres, ce bâtiment mit à la voile pour la Normandie, où l'appelaient d'ailleurs ses affaires commerciales.

Le lendemain matin, la populace, qui la veille avait laissé paisiblement massacrer son défenseur, ne manqua pas, soit curiosité, soit dévotion, de venir visiter le gibet. La surprise fut grande lorsqu'on s'aperçut de la disparition du cadavre et surtout lorsque l'on remarqua la brèche faite à la potence par Bertrand de Gourdon. Ne pouvant s'expliquer l'un et l'autre de ces mystères que par le merveilleux, on ne manqua point de dire que des anges avaient emporté au ciel la dépouille humaine de Williams, et l'on vit dans le fragment coupé de la potence une révélation des vertus miraculeuses attachées à ce bois, instrument d'un martyr. Aussitôt cette interprétation donnée, chacun l'adopta avec enthousiasme, on abattit la potence, on s'en disputa, comme de précieuses reliques, les moindres morceaux, et ceux qui ne purent se procurer quelque parcelle de ce bois grattèrent le sol dans lequel il avait été planté. Si bien qu'en peu de temps il se forma une fosse profonde à la place occupée naguère par le gibet. Bientôt même le bruit de la mort et du miracle opéré par l'intercession du bienheureux Williams s'étant répandu dans toute l'Angleterre, on vint en pèlerinage au gibet, des diverses villes de ce royaume, et plus de vingt mille Saxons accomplirent ce pèlerinage au lieu du supplice de saint Williams. Les prêtres des diverses églises de Londres, Saxons pour la plupart, prêchèrent la canonisation du martyr de la cause nationale, et ce fut en vain que l'archevêque de Cantorbéry, conjointement avec le grand justicier Hubert, mirent en œuvre la prison, le fouet et la corde pour empêcher le culte unanimement rendu à la mémoire de Williams. Le nom de Williams resta pendant plus d'un siècle encore invoqué comme celui d'un bienheureux, et plusieurs manuscrits du temps attestent que les Normands eux-mêmes finirent peu à peu par adopter le saint anglais et à recourir à son intercession, oubliant qu'il était mort victime de l'injustice et de l'oppression de leurs pères.

CHAPITRE V.

UNE BATAILLE.

Cependant le roi Richard, qui depuis longtemps avait oublié Williams Longue-Barbe et les promesses qu'il lui avait faites, ne songeait plus qu'à tirer vengeance du comte de Limoges, contre lequel il ressentait un grand courroux, et voici quels motifs irritaient si fort le monarque. A tort ou à raison, le bruit s'était répandu que le comte de Limoges venait de découvrir, dans un lieu caché de ses états, un trésor d'une immense valeur ; on ne parlait pas moins de cent mille tonnes d'or trouvées au fond d'une grotte, dans laquelle un pâtre était entré par mégarde le jour de Noël, à minuit. Or, la tradition prétend que le jour de Noël, à minuit, tous les trésors inconnus deviennent visibles, et que les démons préposés à leur garde restent sans pouvoir jusqu'au moment où le prêtre quitte l'autel, après avoir célébré la première messe. Richard, sitôt qu'il apprit cet événement merveilleux, réclama sa part des tonnes d'or, prétendant que la grotte où elles étaient restées si longtemps cachées avait appartenu jadis à son aïeul Guillaume-le-Conquérant. Le comte de Limoges répondit qu'il n'avait point trouvé de trésor, et que s'il en eût trouvé un, il le garderait pour lui, attendu qu'il était seigneur souverain de sa comté et ne relevait en aucune façon du roi d'Angleterre et du duc de Normandie. Il en fallait beaucoup moins pour faire prendre les armes à Cœur-de-Lion, toujours ardent et prompt à saisir son épée et à livrer bataille. Donc il rassembla ses troupes, donna le signal de lever la bannière, et huit jours après, le fort Chalus, qu'habitait le comte de Limoges, se trouva bloqué par une armée de huit mille hommes, que commandait Richard en personne. Il croyait qu'un coup de main suffirait pour enlever cette citadelle, mais grande furent sa surprise et sa colère quand il vit le comte à la tête d'une forte garnison et qu'il sut la ville bien approvisionnée, non-seulement de munitions, mais encore de machines de guerre. Dans son impatience ordinaire, le roi voulut que l'assaut eût lieu immédiatement, et sans donner à ses troupes le temps de se reposer, sans attendre plusieurs machines dont on espérait de merveilleux effets contre les assiégés, il fit approcher les échelles, qui bientôt s'écroulèrent brisées par les énormes pierres que l'on jetait de dessus les murs et par les machines que l'on fit jouer. Il fallut donc que l'armée anglo-normande battît en retraite, dressât des tentes et se mît à établir un camp fortifié de redoutes afin de se tenir en garde contre les sorties que pouvaient tenter les assiégeants, forts de leur premier avantage. Pendant trois jours que dura l'établissement de ces camps, le roi Richard ne voulut point prendre le moindre repos et passa les nuits même sans permettre à ses varlets de délacer sa cotte de mailles. Ce fut seulement après avoir vu ses retranchements construits et tout à fait en état qu'il entra dans sa tente, où il s'endormit sur la peau de lion qui lui servait de couche lorsqu'il se trouvait en campagne.

Accablé de fatigue, son sommeil ne dura pas moins de douze heures, et peut-être se serait-il prolongé plus longtemps encore, sans un tumulte qui s'éleva près de la tente royale et que produisit l'arrivée d'un archer portant, brodées sur sa casaque, les armes du comte de Limoges. Or, cet archer n'était autre que Bertrand de Gourdon, accompagné du vieux prêtre de Sainte-Marie-de-l'Arche. Ils avaient d'abord pénétré dans le camp sans difficulté, parce que l'on n'avait point de suite remarqué le costume de l'archer; mais bientôt on y prit garde, on l'entoura, et comme il continuait à s'avancer silencieusement vers la tente royale, que lui indiquait le pavillon rouge dont elle était surmontée, les soldats lui barrèrent le passage. Sans s'intimider, il saisit son poignard et jura qu'il en frapperait le premier qui s'opposerait à ce qu'il parlât au roi Richard. On voulut se jeter sur lui pour le désarmer; il se défendit avec vigueur, et il s'en suivit la lutte et le tapage qui mirent un terme au sommeil du roi Richard.

Éveillé en sursaut, le monarque crut que les assiégés attaquaient tout à coup le camp. Il saisit ses armes, et, demi-nu, il s'élança hors de sa tente... il ne vit que le brave Bertrand, qui faisait face à huit ou dix assaillants, et le vieux prêtre, qui cherchait à s'interposer entre les combattants pour les ramener à la paix. Richard jeta un cri; soudain chacun s'arrêta et le prêtre put s'avancer en liberté, avec son compagnon, jusqu'auprès du roi, devant lequel s'agenouilla le vieillard; l'archer resta debout et se contenta de rendre au monarque le salut militaire. Cœur-de-Lion jeta sur lui un regard courroucé.

— Depuis quand, demanda-t-il, le vassal ne

plie-t-il point le genou en terre devant son seigneur et maître ?

— Je ne suis point le vassal du roi Richard, répondit avec calme Bertrand de Gourdon. J'appartiens au comte de Limoges.

— Alors que viens-tu faire dans le camp ennemi ?

— J'y viens pour accomplir le serment que j'ai juré sur l'autel de Sainte-Marie-de-l'Arche d'amener sain et sauf devant vous ce vénérable prêtre de Jésus-Christ.

— Et pourquoi ce vieillard a-t-il entrepris un si pénible voyage? Qui donc l'oblige à quitter son église et la ville de Londres !

— Sire, répliqua le prêtre, je viens pour accomplir un saint devoir, pour éclairer votre justice et pour vous faire entendre les plaintes et les doléances de vos fidèles bourgeois de Londres.

— Et que me veulent mes fidèles bourgeois de Londres! s'écria Richard avec emportement. Ils ne savent que se plaindre, et s'il m'en souvient bien, j'ai déjà reçu il y a quelques mois un visiteur de ton espèce... Oui, le souvenir m'en revient maintenant avec netteté : c'était un de ces incorrigibles Saxons qui portent la barbe longue pour ne point ressembler à mes Normands. Eh bien! n'ai-je pas fait droit à ses demandes ? Sont-ce de nouvelles concessions que l'on vient solliciter de ma munificence ?

— C'est justice, sire, que je viens requérir de

vous. Williams à la longue barbe, ce sujet fidèle, ce bourgeois intrépide, non-seulement n'a point vu se réaliser les effets de votre parole royale, mais encore, pour les avoir réclamés, il a reçu la mort et a été traîtreusement occis par l'ordre de l'évêque de Cantorbéry.

— Voilà d'étranges nouvelles! murmura Richard. Après tout, reprit-il à voie haute, l'archevêque de Cantorbéry est juste et sait ce qu'il fait; s'il a condamné ce Williams, c'est que ce Williams était coupable.

— Sire, Williams était innocent, je le jure par le salut de mon âme! fit le prêtre. Ne refusez donc pas justice à sa mémoire! N'hésitez donc pas à punir ceux qui l'ont assassiné, car c'est une heure funeste que l'heure de la mort pour un roi qui n'a point rendu à chacun de ses sujets la justice qu'il leur devait!

— Trompettes, sonnez! ordonna le roi. Je perds ici un temps précieux, qu'un assaut emploierait bien plus utilement.

— Ne me chassez pas, sire, ne me renvoyez pas sans m'avoir écouté!... Ou bien je m'attacherai à vos pas et vous ne vous débarrasserez du pauvre prêtre qu'en le faisant mettre à mort comme il en a été du bienheureux Williams.

— Du bienheureux Williams! répéta Richard hors de lui. Ils en ont, sur mon âme, déjà fait un saint, comme de Thomas Beckett! Et vous verrez qu'un jour ou l'autre il faudra que j'aille aussi me flageller sur le tombeau de ce saint. Arrière, vieillard !

— Puisque la voix de la justice ne saurait arriver seule jusqu'à vous, reprit le vieux prêtre, la voix d'un père mourant se montrera peut-être moins impuissante. Ecoutez-moi donc, Richard Plantagenet ! Il y a dix ans, jour pour jour, un pauvre prêtre se trouvait dans la ville de Chinon, et une femme courut vers lui pour lui demander de venir exhorter, à sa dernière heure un vieillard qui se mourait. Cette femme conduisit le prêtre dans une maison abandonnée, où gisait seul, sur une couche en désordre, le moribond. Le prêtre eut peur et voulut fuir loin de ces lieux funestes, car l'agonisant ne proférait que des paroles de vengeance et de blasphème. « Malheur à mon fils Jean, s'écriait-il, qui s'est laissé corrompre et séduire par mon fils Richard ! Anathème sur moi, faible et coupable, qui ai sacrifié ma conscience et le bonheur de mon peuple à de vaines pensées d'ambition et à la grandeur de mes enfants ! Je donnerais mon âme au diable, si elle ne lui appartenait déjà, pour tirer vengeance de ces deux fils ingrats (1). Maudit soit le jour où je suis né et maudits soient de Dieu les deux fils que je laisse ! »

Je m'approchai de lui, je me penchai sur le lit, déjà dépouillé des étoffes précieuses qui le couvraient naguère, et que les varlets avaient pillées

(1) *Nunquam me mori permittat donec dignam de te vindictam accepero.* (SCRIPT. RERUM FRANC, Lib. XVIII.)

avant d'abandonner l'agonisant. Je lui parlai de miséricorde, et Dieu daigna, par ma faible voix, désarmer ce père irrité. Il rétracta les malédictions qu'il avait proférées et me chargea de porter vers ses enfants des paroles de bénédiction : en témoignage du pardon qu'il accordait à ses fils, il me remit le scel que voici.

— Mon père! murmura Richard en se cachant le visage dans ses mains, mon père!

— Quand il eut pardonné, le moribond rendit son âme à Dieu. Je restai seul, oui, seul, près du cadavre, méditant sur le néant des grandeurs humaines et remerciant Dieu de ne m'avoir fait qu'un pauvre prêtre. Puis, comme la vieille femme qui était venue m'appeler avait elle-même pris la fuite, emportant la coupe d'argent, dernier objet que l'on eût laissé près du monarque des deux royaumes, j'allai mendier de par la ville un suaire pour ensevelir ce qui avait été Henri II. Personne ne m'ouvrit sa porte, malgré mes prières, et je serais revenu sans linceul si je n'avais rencontré une danseuse bohémienne qui me donna par charité son manteau et un morceau de son voile. Le manteau enveloppa le cadavre royal; la frange brodée du voile servit à figurer un diadème sur le front de Henri Plantagenet, roi d'Angleterre, duc de Normandie, d'Aquitaine et de Bretagne, comte de l'Anjou et du Maine, seigneur de Tours et d'Amboise. Depuis ce temps, sire, je vous ai cherché pour vous apporter le pardon de votre père, mais la fortune vous éprouvait de bien des façons et vous emmenait d'un bout de la terre à l'autre... Au nom de ce pardon, sire, justice pour les bourgeois de Londres et châtiment à ceux qui oppriment vos sujets et qui ne se servent que pour les frapper injustement, de l'épée de justice que vous avez confiée à leurs mains.

— Je ferai droit à votre demande, mon père. Bientôt je retournerai à Londres, quand j'en aurai fini avec le comte de Limoges et son château de Chalus. Mais que fais-tu là, archer, et d'où te vient l'audace de tailler avec ton poignard un morceau de bois en notre présence?

— Ce morceau de bois, répondit l'archer sans s'émouvoir, a été détaché par moi de la potence à laquelle a été iniquement suspendu le mari de ma sœur, Williams Longue-Barbe.

— Et que veux-tu faire de ce bois en le taillant ainsi?

— Une flèche d'arbalète.

— Qui donc comptes-tu en frapper?

— Vous, sire.

Un cri d'indignation s'éleva de toutes parts, et les gens d'armes voulurent se jeter sur Bertrand de Gourdon. Richard leur fit défense d'approcher.

— Camarade, dit-il dédaigneusement, il te manque un fer pour armer le bout de ta flèche; il faut que je t'en donne un, afin de compléter cette belle arme de gibet.

Il prit dans le carquois d'une des sentinelles qui veillaient à l'entrée de sa tente une flèche dont il arracha le fer, et le jeta aux pieds de l'archer.

— Voilà ton arme complète, va-t'en; je te laisse libre d'entrer dans le fort de Chalus, car là tu pourras à ton aise viser ton coup d'arbalète contre moi. Seulement je te préviens que si tu ne m'atteins pas avant la fin du siége, qui ne sera plus de longue durée, je te ferai pendre bel et bien, et sans miséricorde. Je t'en donne ma parole royale. Allons, maintenant que l'on prépare tout! L'assaut dans une heure.

Bertrand de Gourdon s'inclina, et s'agenouillant ensuite devant le prêtre, il lui demanda sa bénédiction. Le vieillard étendit sur le front de l'archer ses mains tremblantes :

— Bertrand, fidèle et loyal soldat, lui dit-il, Dieu te protége et détourne de toi les malheurs que viennent d'attirer sur ta tête d'imprudentes paroles et des pensées coupables et présomptueuses.

L'archer se releva, puis regardant avec fierté autour de lui, il traversa la foule armée qui l'entourait, et se rendit d'un pas tranquille et lent jusqu'au pont-levis de la citadelle. Là, il sonna du cor d'une certaine façon; le pont-levis s'abaissa pour laisser entrer l'archer, puis on releva aussitôt ce pont, car l'armée ennemie se mettait en mouvement, les clairons et les trompes retentissaient de toutes parts, et l'on voyait, monté sur un magnifique cheval, le roi Richard, qui allait de l'un à l'autre, exhortant les soldats à faire de leur mieux, leur promettant la victoire et se montrant le plus ardent des gens d'armes.

Séparé du fidèle Bertrand de Gourdon, avec lequel il avait supporté tant de rudes épreuves depuis leur départ pour le continent, le vieux prêtre alla s'asseoir tristement sur les marches d'un autel élevé, suivant l'usage, en face de la tente royale. De là il dominait à la fois du regard le camp et la citadelle assiégée. L'homme de paix, à la vue du carnage qui se préparait, sentit encore s'accroître le découragement sous lequel il se trouvait accablé.

— Hélas! pensait-il, le sang des chrétiens va couler en abondance pour un motif frivole, et le roi, qui par son absence rend si malheureuse l'Angleterre, n'hésite point à jouer dans cette escarmouche une vie de laquelle dépend peut être le salut de Londres. Mon Dieu! que vos jugements sont mystérieux et que la raison humaine qui veut les pénétrer reste insuffisante et faible! Que votre volonté soit donc faite!

Le prêtre cacha son visage dans ses deux mains et resta quelque temps absorbé dans des méditations pieuses, qu'interrompirent tout à coup les fanfares et les instruments de guerre. Au même instant, mille bruits étranges et inconnus au vieillard se mêlèrent aux clameurs belliqueuses de ces instruments de cuivre et aux cris des soldats : c'étaient les sifflements des machines qui lançaient des pierres énormes, c'étaient les hurlements des béliers qui frappaient de leur tête de bronze les parties faibles du rempart, c'étaient enfin les flèches qui venaient sans relâche et réciproquement éclaircir les rangs des assaillants et des assiégés.

Le roi Richard se trouvait partout où il y avait du péril : tantôt il courait régler lui-même l'emploi d'une machine mal dirigée, tantôt c'était une attaque tentée avec mollesse dont il relevait l'énergie. Depuis une heure on combattait de part et d'autre avec fureur, lorsque tout à coup, sur une tour fort élevée, mais grêle, et qui servait moins à la défense de la citadelle qu'à donner la facilité d'observer les mouvements de l'ennemi, on vit paraître un archer. Il tenait à la main un petit drapeau blanc qu'il déploya dans les airs et sur lequel le prêtre lut ces mots : *Au nom de Williams Longue-Barbe*; puis l'archer prit son arbalète, la banda, posa sur l'arme une flèche qu'il tira de son carquois et attendit.

Irrités de cette bravade, tous les archers normands dirigèrent vers Bertrand de Gourdon, que chacun avait reconnu, des nuées de flèches, dont aucune ne l'atteignit. Impatienté de leur manque d'adresse, le roi Richard saisit une arbalète et lança lui-même contre Bertrand une flèche, qui vint s'émousser sur la cotte de mailles de cet homme. Bertrand ramassa la flèche royale tombée à ses pieds, en changea le fer, le plaça sur sa propre arbalète, et la lança dans le groupe qui entourait Richard, mais avec l'intention évidente de ne point atteindre le roi. La flèche blessa à la gorge un page, qui tomba. Richard, furieux, décocha une seconde flèche contre l'audacieux archer. Cette fois l'arme s'arrêta dans la cuisse de Bertrand, et l'on vit couler le sang à travers la genouillère... Il arracha la flèche, la mit, comme la première fois, sur son arbalète et visa le cheval du roi ; la flèche atteignit le noble animal au défaut de l'armure qui défendait sa poitrine, et le roi Richard roula dans la poussière avec sa monture abattue. Alors on vit Richard se relever couvert de sang, souillé de fange, et dans une de ces violentes et terribles colères qui ne rappelaient que trop la rage aveugle du lion, il fit signe aux archers de recommencer leurs attaques contre Bertrand. Une nuée de flèches volèrent en sifflant autour de l'intrépide soldat, sans toutefois l'atteindre. Ce fut au milieu de cette attaque de tous que l'on vit Gourdon prendre dans son escarcelle une flèche d'une forme particulière et la diriger vers le roi. A l'instant, Richard fit entendre un cri de douleur et fut reçu sans connaissance dans les bras de ceux qui l'entouraient ; la flèche avait percé d'outre en outre l'épaule du monarque. On emporta le roi dans sa tente, on extirpa de la plaie l'arme, que l'on reconnut pour être celle que Bertrand avait taillée devant le roi, et l'on posa un appareil sur la blessure. Mais dès qu Richard eut repris connaissance, il demanda si l'on avait continué l'assaut, et apprenant que l'attaque se trouvait suspendue, sans vouloir écouter personne, sans même prêter attention aux prières et aux larmes de la reine Bérangère, il se fit amener un cheval et courut se montrer aux soldats, qui recommencèrent à combattre avec furie, affamés de venger l'affront qu'ils avaient reçu par la blessure faite au roi Richard, malgré la souffrance qu'il éprouvait, dirigea lui-même les mouvements de ses troupes, et bientôt les béliers firent au flanc des remparts deux larges brèches, par lesquelles les Normands se précipitèrent dans la ville.

Cependant, quoique les assiégeants l entourassent de toutes parts, et que ceux qui se trouvaient dans Chalus fussent mis à mort sans pitié, Bertrand de Gourdon, sans chercher à fuir, restait toujours debout sur la crête de la tourelle et semblait décidé à y attendre la mort, quand le roi Richard fit sonner la trompette et donna le signal de suspendre le carnage. Puis, se tournant vers les chevaliers qui l'entouraient :

— Je veux que l'on ne fasse aucun mal à cet archer, dit-il. Qu'on l'amène devant moi sans le maltraiter, sans lui dire un mot sur le sort qui l'attend. Qu'un héraut d'armes lui crie seulement qu'il ait à se rendre prisonnier du roi Richard.

Un héraut, en effet, s'approcha du pied de la tourelle, et après trois appels de clairon qu'il fit faire par un trompette qui l'accompagnait :

— Bertrand de Gourdon, le roi Richard te fait à savoir que tu aies à te rendre à sa merci, cria-t-il.

Bertrand mesura de l'œil l'abîme que formaient sous ses pas les fortifications écroulées, et il eut un instant la pensée de s'y précipiter pour se soustraire au supplice qui l'attendait sans doute ; mais tout à coup on le vit s'agenouiller sur la plate-forme et on l'entendit, après une courte prière, dire :

— Je ne détournerai point la tête devant le calice : je le boirai jusqu'à la lie, Seigneur, car vous n'avez reculé devant aucune torture pour le salut des hommes.

Et il descendit paisiblement les marches de la tourelle, en ouvrit lui-même la porte de fer aux assaillants et se laissa garrotter les mains sans opposer aucune résistance. On le conduisit aussitôt devant le roi, qui venait de rentrer dans sa tente et qu'entouraient la reine et tous ses serviteurs, car la fatigue de l'assaut avait dangeureusement envenimé la plaie et rendu la cure difficile. A la vue de l'archer qui avait blessé Richard, chacun jeta un cri d'horreur, et la reine se cacha le visage mais le monarque attira contre lui Bérangère et lui souleva doucement les mains.

— Il ne faut point avoir peur d'un brave soldat, lui dit-il ; Bertrand de Gourdon n'a fait que son devoir et je l'ai moi-même attaqué le premier. Bertrand, tu es libre ! Tu peux partir pour l'Angleterre avec ce vieux prêtre et vous me verrez dans peu arriver moi-même à Londres pour connaître de la justice des plaintes que vous êtes venus tous les deux me faire entendre. Oui, si Williams Longue-Barbe a été mis injustement à mort, Williams Longue-Barbe sera vengé, dussé-je pour cela faire pendre lui-même l'archevêque de Cantorbéry. En attendant, prends cette bourse et pars. Dieu te soit en aide, car tu es un habile archer et un homme d'armes courageux. Sur mon âme, j'aurais eu peur à ta place sur la plate-forme !... Le roi Richard te porte envie, car tu es le mieux faisant de la journée.

A ces mots, il tendit la main à Bertrand, qui s'agenouilla pour la porter respectueusement à ses lèvres, puis le prêtre et l'archer sortirent de la tente royale et se dirigèrent vers la sortie principale du camp.

CHAPITRE VI.

UN TROISIÈME MARTYR.

Quand les soldats virent s'en aller paisiblement celui qui venait de mettre en danger les jours du Lion, des murmures et des témoignagnes de mécontentement éclatèrent de toutes parts, et la foule se porta sur son passage avec des intentions évidemment hostiles. L'archer se contenta de mettre la main sur son poignard, prêt à le dégaîner pour sa défense, et continua sa marche vers la sortie du camp. Il allait l'atteindre lorsqu'une pierre l'assaillit à la tête et le jeta rudement à terre. Aussitôt chacun se rua sur sa personne, le frappa de coups de dagues et se mit à exercer sur lui les plus effroyables cruautés. En vain le vieux prêtre cherchait à arrêter ces misérables en invoquant le nom du roi Richard : on ne l'écouta point et il faillit lui-même devenir victime de leur rage insensée. Enfin les cris de ces assassins arrivèrent jusqu'à la tente de Cœur-de-Lion, qui soupçonna la vérité, s'arracha des mains des serviteurs qui le pansaient et accourut sur les lieux où l'on égorgeait l'archer ; mais il arriva trop tard, Bertrand de Gourdon était mort.

A la vue de son cadavre, Richard, éperdu de colère, se mit à frapper de son épée sur tous ceux qui avaient pris part à ce meurtre, et ne cessa, que pour tomber sans force et sans connaissance. Plus de deux heures s'écoulèrent avant que, ramené dans sa tente, il revint à lui. Bientôt une fièvre ardente se déclara ; le délire s'empara du monarque, et durant huit jours il ne cessa, dans les transports qui l'agitaient, de demander merci à son père et à Williams, qu'il croyait voir sans cesse debout au chevet de son lit. Enfin il recouvra la raison, et les premières paroles sensées qu'il prononça furent pour demander si ses jours étaient en péril. Or voici ce qui se passa, au dire de Gauthier d'Herminsfort, historien contemporain.

— Sire, répondit l'archevêque de Rouen à la question du roi, mettez ordre à vos affaires, car vous mourrez.

— Est-ce une menace ou une plaisanterie? répliqua Richard, qui doutait encore ou plutôt qui aurait voulu douter de cette redoutable vérité.

— Non, seigneur, votre mort est inévitable.

— Que voulez-vous donc que je fasse ?

— Pensez aux filles que vous avez à marier et faites pénitence.

— Je vous l'ai déjà dit, je n'ai point de filles.

— Seigneur, vous avez trois filles et vous les nourrissez depuis longtemps, votre aînée est l'ambition, la cadette l'avarice, la troisième la luxure.

— Je donne l'aînée aux templiers, la seconde aux moines gris et la troisième aux moines noirs.

— Ne parlez pas ainsi, dit une voix, ne parlez pas ainsi, car votre mort approche, sire ! Songez à votre salut.

— Qui m'adresse cette menace ? demanda Richard étonné.

— Celui qui reçut la dernière confession de votre père et qui vient recevoir la vôtre, répondit en s'avançant près du chevet royal le vieux prêtre de Sainte-Marie-de-l'Arche. Elevez votre âme à Dieu, sire, car il est temps ; faites pénitence et confiez-vous à la miséricorde éternelle.

Le roi, touché des paroles du vieillard, se mit à pleurer et dit :

— Je suis très-repentant et vous en verrez des preuves.

Puis il ordonna que chacun sortît, et, resté seul avec le vieux prêtre, il fit une confession qui dura près de deux heures. Quand elle fut terminée, il

4

voulut qu'on lui liât les pieds et ordonna qu'on flagellât jusqu'au sang son corps, nu et suspendu en l'air. On recommença par ses ordres cette flagellation jusqu'à trois fois, ensuite il se fit traîner avec une corde au-devant de son confesseur, qui était allé chercher le viatique et qui blâma doucement et fit cesser les rigueurs auxquelles, pendant son absence, s'était condamné le pénitent royal.

Richard reçut les derniers sacrements avec les témoignages de la plus vive ferveur.

Le lendemain le vieux prêtre conduisit à l'abbaye de Fontevraud, pour y être placé à côté de la dépouille du roi Henri II, le cercueil qui contenait tout ce qui restait sur la terre du roi Richard Cœur-de-Lion... un cadavre.

CHAPITRE VII.

L'ANGE.

Assis tristement aux bords de la mer, Asraël, depuis l'exil fatal qui le tenait loin des cieux, n'avait point une seule fois entr'ouvert ses ailes dont il se voilait le visage. Encore étranger aux périodes des temps qui règlent la vie des mortels, trois mois s'étaient passés de la sorte pour le chérubin, dont les larmes ne cessaient de couler. Le murmure des flots qui venaient se briser à ses pieds s'harmoniait avec une sorte de charme à son désespoir profond, et ses regards, habitués aux enivrantes splendeurs du paradis, préféraient une obscurité complète à la terne clarté que l'on appelle, sur la terre, du nom de jour. Il résolut d'attendre ainsi l'accomplissement des décrets de l'Eternel et de ne point se mêler aux créatures fragiles parmi lesquelles sa charité imprudente le forçait de demeurer pour des temps si longs.

— Du moins, se disait-il, mes frères qui descendent sur la terre ne seront pas les témoins de ma honte ! Ils ne verront pas sur mon front la tache ignomineuse dont les lèvres de Satan l'ont souillé pour toujours peut-être, et si je ne dois plus rentrer dans le ciel, si la famille de Williams s'éteint avant que quatre martyrs soient sortis de son sein, hé bien, je demeurerai dans cette solitude jusqu'à la consommation des siècles, à déplorer ma faute et ma destinée.

Tandis qu'il se livrait à ces pensées funestes de découragement, il entendit tout-à-coup le son des harpes d'or que les anges unissent, dans le paradis, aux chants des chérubins : cette harmonie céleste, le fit tressaillir d'une émotion à la fois douce et pénible ; il sentit s'évanouir dans sa volonté les résolutions de désespoir qu'il venait de former naguère ; ses ailes s'entr'ouvrirent, ses yeux se tournèrent vers le ciel et il aperçut, dans une auréole, trois anges qui conduisaient une âme. Asraël fixa le plus longtemps qu'il le pût ses regards sur le divin cortége ; puis, quand tout se fût effacé dans le lointain, par un mouvement involontaire il prit son vol et suivit de loin le groupe céleste, jusqu'aux portes du paradis. Là, deux bienheureux, la palme du martyre à la main, reçurent leur nouveau frère, lui tendirent les bras et lui placèrent au front une couronne lumineuse, semblable à celle qui rayonnait sur leur front.

— O Bertrand, disaient-ils, ô frère bien-aimé, que Dieu soit à jamais béni pour avoir abrégé le temps de ton exil et pour t'avoir ouvert glorieusement les portes du ciel ! Viens, toi qui fus sur la terre brave et fidèle, courageux et loyal, inébranlable dans ta foi de chrétien et défenseur de l'opprimé ! Entre dans la félicité qui ne doit jamais finir, car ta mort a expié le peu de faiblesse inhérente à l'argile de ta nature humaine, et les Normands qui t'ont supplicié ont posé sur ton front une couronne éternelle, comme Dieu. Viens, prends place dans la milice céleste à côté de Paul qui combattit avec l'épée, et près de Maurice qui courba sa tête sous l'épée du décimateur plutôt que de trahir sa foi ! Viens, car déjà notre phalange compte trois martyrs.

Et les anges répétaient :

— Hosannah ! une phalange nouvelle ne tardera point à mêler ses chants de reconnaissance et d'amour à nos cantiques. Hosannah ! des transports de félicité éclateront dans la milice céleste, car il est écrit : Il faut se réjouir, lorsqu'une brebis égarée rentre au bercail.

A mesure que ces chants parvenaient jusqu'à lui, Asraël se sentait ému et consolé. Au découragement profond qui l'accablait naguère, succédait peu à peu une douce espérance, et pour la première fois les prières vinrent à sa pensée et à ses lèvres. Il s'agenouilla sur une nuée, ses mains blanches et délicates s'unirent contre sa poitrine, i souleva la tête, et ses beaux cheveux blonds se déroulèrent en longs anneaux sur ses épaules et sur son visage. Quand il eut terminé l'oraison fervente qui sortait de son cœur, il se releva plein de résignation et de force : puis, secouant les plis de sa tunique blanche imprégnée des vapeurs qui s'exhalaient de la terre, il contempla quelque temps, avec une muette admiration, les flots de pourpre et d'or que le soleil levant jetait sur les portes orientales du ciel.

— Merci, mon Dieu! s'écria-t-il, merci, pour m'avoir rendu l'espérance et la force ! pour avoir pris pitié de ma honte et de ma faiblesse ! Merci, pour avoir abrégé déjà le temps de mes épreuves, tandis que dans mon ingratitude je doutais de votre miséricorde. Merci ! Je vais désormais travailler à l'œuvre de ma délivrance, et diriger vers votre sainte demeure la famille à laquelle, dans vos vues infinies, vous avez attaché ma destinée. Et vous, mes frères célestes, beaux anges, dont je me trouve séparé pour bien longtemps encore peut-être, unissez vos prières à la mienne, car la prière adoucit les châtiments et fait remettre les fautes. Implorez pour moi la pieuse et divine mère de Dieu ; cette vierge de miséricorde qui se place toujours entre le repentir et la justice de Jéhovah ! Obtenez de cette mère des affligés, non pas mon retour dans les cieux.... J'ai manqué de foi, il est juste que mon péché s'expie.... mais la disparition de cette horrible tache qui souille mon front et qui me désespère. Que l'horrible baiser de Satan s'efface, que ma honte ne soit plus visible pour tous ; que je puisse relever ma tête courbée par la honte ! Et votre frère ne demandera plus rien à votre intercession ! Et sa destinée pourra s'accomplir sans qu'Asraël murmure.

Il priait encore quand il sentit tout à coup s'apaiser le feu âpre qui brûlait son front. Une fraîcheur divine remplaça la morsure cuisante du stigmate infernal. Le chérubin, plein d'espérance, déploya ses ailes et prit son vol vers une fontaine, dans les eaux brillantes et pures de laquelle il vit se réfléchir son image. O bonheur ! l'empreinte du baiser du démon avait presque disparu ! A peine restait-il une cicatrice blanche et imperceptible sur le front d'Asraël !

L'ange plana près d'une journée entière au-dessus de la fontaine qui reproduisait ses formes divines. Il ne pouvait se lasser de contempler, dans ce miroir transparent, sa beauté tout à l'heure encore si cruellement flétrie par le désespoir et par l'expiation ; il se laissait aller à mille joies innocentes et pures. Tantôt, il relevait sur le sommet de sa tête les nœuds ondoyants de sa chevelure blonde et les disposait comme une couronne ; tantôt c'étaient les plis de sa tunique légère et blanche, naguère souillée et flottant au hasard, qu'il rajustait d'une main habile autour de sa taille svelte et noble. Puis, après cela, il effleurait de ses pieds l'eau de la fontaine et les débarrassait de la poussière qui profanait leurs formes délicates. La nuit seule, avec ses voiles sombres, sut mettre un terme aux purifications du chérubin, et quand, au milieu des splendeurs du soleil couchant, il éleva sa pensée vers Dieu, la prière vint facile et douce sur ses lèvres, qui célébraient les merveilles de la nature et la grandeur infinie de celui qui tira du néant le ciel et la terre.

Après avoir terminé sa prière, l'ange se releva plein d'espérance et de force.

— Honte à ma faiblesse ! dit-il. Déjà la miséricorde divine est venue au-devant du coupable et le coupable ne songe point à seconder cette miséricorde. Puisque de la famille Williams Longue-Barbe dépend mon salut, puisque c'est par elle qu'est venue ma faute, c'est par elle que doit m'arriver le pardon. Je veux désormais unir ma destinée à la sienne, je deviendrai son protecteur : je la protégerai contre les piéges du mauvais esprit.

L'ange, préoccupé de ces pensées, déploya ses

ailes et se disposait à prendre son vol vers quelque roc élevé, pour découvrir, de son œil divin, quels lieux habitait le dernier rejeton de la famille Williams, lorsqu'il entendit grincer sous la terre un ricanement effroyable. Il abaissa les yeux et vit le démon Astaroth caché parmi des arbustes, dont les feuilles se desséchaient comme si des charbons ardents les eussent touchées.

— Cherche ! hurla le mauvais ange, cherche ! beau chérubin honoré déjà de mes baisers et qui te verras réduit à te livrer de nouveau à mes caresses pour découvrir en quels lieux habite la fille de Williams Longue-Barbe, la fille de saint Williams le martyr ! Oh ! ne pâlis pas ; car tu ne le sauras jamais! je ne veux pas que tu le saches, même à cette condition. Ensuite, que cette enfant n'est point baptisée et elle m'appartient. Tu t'es trop hâté de croire à ma bonne foi, Asraël. La guerre que je te fais est une guerre de ruse plus encore qu'une guerre ouverte et en face. Vraiment, tu n'es pas un adversaire digne de moi. Il faut que je te donne quelques conseils afin que la partie devienne égale. Tandis que tu te désespérais et que tu pleurais, au lieu de voler à l'église et d'inspirer au prêtre la pensée de baptiser la fille de Williams, moi je songeais aux moyens d'assurer ma proie et de garder la victime que je t'avais cédée, quelques instants, au prix du tendre baiser que tu reçus de moi. Quand Godwin et sa femme, en sortant de l'église, montèrent dans leur bateau pour s'en retourner à leur logis, je les accompagnai, je m'assis à la poupe et j'étendis les bras. Soudain les démons reconnurent leur monarque, les vents soufflèrent avec violence, les vagues se gonflèrent, la tempête accourut, et la foudre éclata de toutes parts. Bientôt le bateau se brisa contre un rocher, et Godwin et sa femme périrent en s'armant du signe maudit de la croix et en invoquant la miséricorde de ton Dieu. Ils montèrent au ciel. Mais l'enfant, lui, cet enfant qui n'était pas baptisé, il m'appartenait ; je n'avais qu'à le laisser engloutir au fond de la mer et son âme allait augmenter, dans les ténèbres, le nombre des pâles fantômes que le manque du baptême bannit à jamais du ciel. Mais ce n'était pas là ce que je voulais. Que m'importe une victime de plus du péché originel? Non! il faut que l'enfant de Williams, — de saint Williams! — soit damné par sa propre volonté, par ses propres fautes! Il faut qu'il se donne à l'enfer et non pas que la fatalité l'y pousse. Je me suis donc montré charitable! Ah! ah! ah! j'en ris encore, j'ai fait une bonne action. L'enfant, attaché par Godwin sur une planche, allait se briser contre un rocher et je me suis placé entre le rocher et lui. C'est contre ma poitrine que les flots l'ont poussé! Mes bras l'ont reçu, mon haleine l'a réchauffé, mes baisers ont apaisé ses cris. Une tendre mère, ah! ah! ah! ah! ne lui aurait pas prodigué plus de soins et témoigné plus de tendresse. Eh bien! que dis-tu de ma charité, beau chérubin? un ange du Seigneur aurait-il fait mieux?

Asraël sourit avec dédain.

— Dieu combat avec moi, répondit-il, et toutes tes ruses, toutes tes perfidies ne prévaudront point contre sa puissance. Je sauverai malgré toi l'enfant de Williams et je poserai sur son front l'auréole des élus.

— Il ne s'agit pour cela que de vaincre quelques obstacles qui ne sont pas sans difficultés, je t'en préviens franchement. D'abord il faut deviner quels lieux habite l'enfant, à quelles mains je l'ai confiée et ensuite t'approcher d'elle. Or, comme elle n'a point reçu les eaux du baptême, la garde de son berceau n'appartient pas aux anges, mais aux démons; et je doute que, même pour un de tes baisers, ceux qui veillent sur notre prédestinée laissent seulement approcher de son berceau l'ombre de tes ailes. Cherche donc, Asraël; puisque le Très-Haut combat pour toi, me vaincre te sera chose facile, et je ne doute pas que ta candeur ne triomphe aisément de mes ruses.

Et il recommençait à rire de son rire maudit et insolent, lorsque tout à coup son front pâle devint plus pâle encore : une agitation convulsive tordit tous ses membres; il tomba les genoux en terre, il étendit les bras vers le ciel, et ses lèvres crispées par la douleur murmurèrent des paroles de supplication. Dieu avait étendu la main et le réprouvé se débattait dans le châtiment dû à ses blasphèmes.

— Grâce! grâce! obtiens ma grâce! murmurait-il. Que ces affreux tourments cessent et je te dirai tout.

Je te mènerai vers les lieux qu'habite la fille de Williams; j'ordonnerai à mes légions de s'écarter de son berceau... Grâce!

Asraël se pencha vers Astaroth :

— Méchant, que Dieu te fasse miséricorde, dit-il, et que sa clémence daigne, à mon intercession, suspendre les tortures dans lesquelles tu te débats. Mais je ne veux pas que tu me révèles ton secret. Garde-le, je saurai le découvrir malgré toi, et malgré toi sauver l'enfant de Williams.

A ces paroles de l'ange, les souffrances du démon s'apaisèrent. Il tomba haletant sur le sable et quelques instants s'écoulèrent avant qu'il eût retrouvé la force de se relever. Il le fit enfin, mais lentement et la tête baissée pour dérober sa honte aux regards du chérubin. Puis, tout à coup, il ouvrit ses ailes de vautour et par un bond précipité s'élança dans les airs, où il disparut bientôt comme un point noir à travers les nuages. Asraël, incertain, porta autour de lui ses yeux irrésolus qu'il éleva ensuite vers le ciel :

— Vous seul, mon Dieu! dit-il, êtes la force et la vérité. Je ne puis rien sans vous, daignez donc m'inspirer! Car depuis mon exil du ciel, mon regard est faible et a perdu la puissance dont il jouissait dans des temps plus heureux!

CHAPITRE VIII.

L'ENFANT.

— Il y avait dans le pays de Galles, au bord de la mer, une petite cabane ou plutôt quatre piquets revêtus de peaux, qu'un pêcheur et sa femme plantaient tantôt sur une partie du rivage, tantôt sur une autre. Une vieille barque se trouvait toujours enfoncée dans le sable, près de cette cabane, assez loin des flots pour qu'ils n'entraînassent pas le frêle esquif, mais assez près cependant pour qu'on pût le remettre à la mer sans trop de fatigues et d'efforts. Quand aucun orage ne grondait dans les airs, quand les vagues se balançaient avec tranquillité et sans colère, on voyait Gurth prendre ses filets qu'il disposait à marée basse et qu'il allait rechercher ensuite après que la marée haute était venue les recouvrir en y laissant quelques poissons. Il prenait cette proie, la rapportait à sa femme qui la faisait griller sur des charbons, puis après un court repas, il allait se coucher sur les algues d'une roche, regardait le ciel d'un air mécontent et finissait par s'endormir.

Mais le ciel se couvrait-il de nuages, le vent mugissait-il, la mer gonflée et inquiète commençait-elle à faire entrechoquer ses vagues? Alors

Gurth s'éveillait et une joie étrange s'emparait de lui. Son œil brillait d'un éclat sinistre; un rire féroce contractait ses lèvres recouvertes d'une barbe rousse et plantureuse; des cris joyeux sortaient de sa poitrine. Puis, on le voyait dépouiller son justaucorps de peaux de phoques et mettre à nu ses larges et puissantes épaules. Il appelait sa femme pour qu'elle l'aidât à mettre sa barque à flot; il saisissait les rames et bientôt le frêle esquif bondissait sur la mer en fureur, emportant avec lui les deux créatures naguère si paisiblement étendues sur les algues.

Tandis que Gurth dirigeait la chaloupe, sa femme Herlich interrogeait sans cesse du regard l'étendue de la mer et cherchait si le fanal de quelque navire n'apparaissait pas au loin. Dès qu'Herlich apercevait la lueur agitée d'un de ces fanaux, soudain elle hissait au bout du mât une immence lanterne de corne et Gurth dirigeait la barque avec une grande habileté à travers les écueils et les récifs parmi lesquels il naviguait habituellement et dont il connaissait les moindres détours. Presque toujours le pilote des navires égarés sur la côte se laissait prendre à cette ruse infernale et s'avançait avec confiance vers une rive près de laquelle il voyait naviguer sans danger un bâtiment dont il ne pouvait distinguer la forme, mais qu'il jugeait être d'une grandeur considérable, d'après la nature et la dimension de son fanal. Bientôt la quille du navire confié à l'imprudent venait se briser contre les rochers et la mer se couvrait de débris et d'hommes... Alors la barque de Gurth s'arrêtait, ramenée au rivage et échouée sur le sable. Herlich donnait à son mari une longue massue et prenait elle-même un croc attaché au bout d'une corde; puis tous les deux attendaient. Si les flots apportaient des débris, Herlich lançait son croc avec une adresse merveilleuse, les saisissait, les amenait sur la rive et emportait cette épave derrière un rocher ou dans sa cabane. Si c'était un homme que la mer poussait sur le rivage, Gurth se jetait sur lui, et soit que l'infortuné se trouvât évanoui, soit qu'il tendît les mains et qu'il demandât assistance, le brigand le frappait sans pitié de sa massue et dépouillait son cadavre.

Un soir, la journée avait été bonne : un navire était venu se perdre tout près de la cabane de Gurth : non-seulement ce dernier avait trouvé sur les huit ou dix naufragés beaucoup d'or et d'objets précieux, mais encore le croc d'Herlich avait amené deux caisses pleines de viandes salées et plusieurs outres de vins. Assez riches pour se livrer à la joie d'une orgie, les deux féroces créatures, sans s'inquiéter des autres débris qu'ils voyaient flotter parmi les vagues, allaient rentrer dans leur tente avec leur butin et commencer, au bruit de la tempête et de la foudre leurs complices, un repas dont l'ivresse et ses fureurs ne devaient point tarder à faire partie, quand tout à coup les flots jetèrent sur le sable, aux pieds d'Herlich, un petit enfant, qui se mit à pousser des cris plaintifs. Gurth saisit la massue pour le frapper, mais le cœur de sa femme, quelque endurci qu'il fût, se sentit remué de compassion et elle arrêta le bras de son mari.

— Ne tuons pas les enfants, dit-elle.

C'était la première parole de pitié que Gurth entendit sortir des lèvres de sa compagne : aussi la regarda-t-il d'un air de surprise et en riant.

— Voici du nouveau! hurla-t-il d'une voix qui couvrit les mugissements de la tempête. Que veux-tu faire, Herlich, de cet avorton criard? Laisse-moi l'écraser.

Il leva le pied pour broyer l'enfant. Herlich saisit son croc, le lança à la tête de Gurth, et tandis que ce dernier essuyait son front blessé et sanglant, elle ramassa l'enfant et le réchauffa contre sa poitrine. Le brigand, que la colère avait fait pâlir d'abord, se prit bientôt à rire et tendit une main velue à sa féroce compagne.

— Bien frappé, Herlich, bien frappé! Si mon front n'était pas si dur, tu l'eusses ma foi brisé... Je te pardonne, mais ne recommence plus. Allons jette-là ce petit chat qui miaule, la mer en fera ce qu'elle voudra. Viens boire avec moi le vin des naufragés et savoir si leurs provisions sont bonnes.

— Gurth, répliqua la sauvage créature en passant l'un de ses bras autour du cou nerveux du pêcheur, Gurth, il faut me laisser cet enfant. Je l'élèverai, il deviendra grand, et quand nous serons vieux, c'est lui qui conduira la barque pour nous et qui apportera dans notre cabane les épaves du naufrage.

— Voilà de singulières idées, dont je ne te croyais pas capable, interrompit Gurth évidemment adouci; fais ce que tu voudras. Garde cet enfant, pourvu que ses cris ne troublent jamais mon sommeil... et que ce soit un garçon, ajouta-t-il, car sans cela je lui tors le cou. Allons, viens, je me meurs de faim et la soif me serre le gosier.

Herlich laissa s'éloigner Gurth et déposa l'enfant dans le creux d'un rocher plein de mousse. Elle se dépouilla du grossier manteau qui flottait sur ses épaules, en couvrit soigneusement son protégé, donna un baiser à son petit front blanc et alla rejoindre son compagnon, non sans se retourner deux fois pour s'assurer que l'enfant dormait. En entrant dans la cabane, elle trouva Gurth qui dévorait une pièce de porc salé et près duquel gisait déjà une outre vide. Elle l'encouragea à boire de nouveau, feignit de se livrer à l'intempérance et vit bientôt le brigand tomber ivre-mort. Aussitôt, elle quitta la cabane et vint retrouver l'enfant, qui s'éveilla et lui tendit les bras, avec un sourire, comme si elle eût été sa mère. Une larme brilla dans les yeux de celle qui n'avait jamais pleuré; cette larme glissa sur ses joues brunes et s'arrêta sur son sein comme une perle brillante.

— Oui, dit-elle, tu peux me sourire et me tendre les bras, car je t'aimerai, car je veillerai sur toi comme l'aurait fait ta mère, ta pauvre mère dont les flots emportent sans doute le cadavre. Je t'aimerai, car je suis seule au monde depuis le jour où Gurth est venu m'enlever à ma famille, moi, pauvre jeune fille sans défense, dont il a fait sa compagne. Pour toi, je ne m'enivrerai plus; pour toi je ne tuerai plus, car le sang porte malheur. Et puis je ne veux pas que tu commettes de crimes et que tu aies à redouter, comme moi, la justice des hommes et la justice de Dieu. Je cacherai soigneusement ton sexe à Gurth, qui te tuerait s'il savait que tu es une fille. Je t'élèverai près de moi comme mon enfant jusqu'à l'âge de cinq ou six ans... Quand les mauvais exemples pourront avoir quelque influence sur toi, le bon Dieu m'inspirera ce que je devrai faire pour toi. Je le ferai, dût-il m'en coûter la vie.

En disant ces paroles, elle versait goutte à goutte dans la bouche de l'enfant un peu de lait qui provenait d'une chèvre, seul être vivant qui habitait sous la tente avec Gurth. Herlich plaça l'enfant sur ses genoux comme dans un berceau, se balança pour l'endormir et finit par se laisser aller elle-même au sommeil.

Il était grand jour, quand, le lendemain matin, Gurth sortit du profond assoupissement où l'avait jeté son ivresse de la veille. Les yeux gonflés, la tête alourdie, il porta dans la tente des regards étonnés, car il s'attendait à trouver, comme d'habitude, Herlich étendue à ses pieds et engourdie par le vin. Il se leva, il sortit et appela Herlich à diverses reprises; ne la voyant point venir il se dirigea vers les rochers, où il ne tarda point à la rencontrer endormie, l'enfant dans ses bras. Gurth fronça le sourcil.

— D'où lui vient cette singulière tendresse pour un enfant qu'elle n'avait jamais vu? gronda-t-il. Va-t-elle, pour cette petite créature, abandonner ma cabane toutes les nuits? Herlich était brusque, sans pitié, sans faiblesse : je l'ai vue dépouiller cent fois des cadavres encore palpitants et ne donner le moindre signe de pitié! Et la voilà qui se fait berceuse et qui dort en plein vent pour mieux soigner un avorton. Ah! les femmes!... Il ne faut jamais croire en elles : un instant suffit pour les faire changer. Holà! Herlich!

Herlich s'éveilla et se hâta de placer l'enfant dans son nid de mousse, car elle lisait de la colère sur le front de son mari.

— La première fois que tu sortiras de ma cabane pour venir passer la nuit près de cet enfant, lui dit-il, je briserai d'abord la tête de ton protégé contre la terre, après quoi je t'attacherai à quelque bon pieu et tu feras largement connaissance avec la corde de ton croc ou le bois de mes rames.

Herlich leva sur Gurth un regard féroce.

— Tu m'as déjà bien souvent battue et j'ai supporté les coups sans me venger, dit-elle, mais si tu touchais à l'enfant, je te conseille de me tuer avec lui, car sans cela les passants verraient bientôt un cadavre dans ta cabane ; n'aurais-je d'autres armes que mes mains!

— Ah! ah! fit Gurth, qui voyait avec plaisir la colère et la menace animer les traits de sa femme : voilà comme je t'aime, Herlich! Tu es vraiment belle maintenant : les cheveux en désordre, l'œil en feu, le visage pâle et les mains convulsivement agitées! Tu n'as plus l'air d'une vieille nourrice de Londres, accroupie sur le seuil d'une boutique, pour changer de langes le fils d'un marchand. Viens que je t'embrasse, ma furieuse.

Et il la pressa dans ses bras nerveux avec une force qui eût étouffé toute autre femme : mais à peine la taille de la robuste Herlich pliait-elle.

— Allons c'est assez de querelles! Viens m'aider à replanter les piquets de notre cabane que la violence de la tempête a ébranlés. Ensuite, nous rejetterons à la mer les cadavres que le reflux n'a point encore enlevés et nous enterrerons nos provisions superflues et notre or. Il faut qu'on ne devine en rien les richesses du pauvre pêcheur Gurth, jusqu'au jour où nous pourrons aller mener en Normandie la vie opulente d'un riche baron. Car, avec de l'or, le roi Richard me fera baron, Herlich. L'or rend tout possible à la cour du roi Richard!

Herlich, avant de suivre son mari, déposa l'enfant sur le lit de mousse, et après s'être bien assurée qu'il dormait, et avoir déposé sur son front un baiser, elle se dirigea vers la cabane. Elle sentit tout à coup un souffle délicieux et frais qui passait sur sa tête et qui caressait son visage : ce souffle fit éprouver à la sauvage compagne de Gurth des sensations qui lui étaient inconnues... C'était l'aile du chérubin qui traversait les airs et venait veiller près de l'enfant.

CHAPITRE IX.

EN MER.

Six années s'écoulèrent, durant lesquelles l'enfant jeté dans les bras d'Herlich devint grand, et finit par se gagner, grâce à sa gentillesse et à sa naïve gaîté, jusqu'à la farouche affection de Gurth. La douceur et le peu de force de la petite créature, qu'il croyait un garçon, n'étaient pas de nature à plaire au robuste et brutal brigand ; mais les caresses d'Edwards, c'est ainsi qu'ils l'avaient nommée, son inaltérable gaité et la grâce répandue sur toute sa personne, faisaient expirer sur les lèvres de Gurth la parole de dédain ou de colère qu'avait provoquée la faiblesse de la petite fille, habillée du costume des paysans gallois. Le faux Edwards pliait sous les fardeaux que voulait lui faire porter Gurth et ne savait point manier les rames, trop pesantes pour ses bras ; mais en revanche, il tenait et dirigeait le gouvernail avec autant d'habileté que le brigand lui-même, et savait gravir jusqu'au sommet du mât avec la prestesse d'un écureuil. Aucun danger ne l'étonnait, aucun obstacle ne l'arrêtait : il ne se passait point de jour sans qu'elle ne rapportât à Herlich quelques oiseaux de mer dénichés sur les rochers les plus hauts et les plus escarpés. Ses blonds cheveux épars sur ses épaules, vêtue d'un pourpoint qui dessinait les formes de sa taille svelte et d'un large haut-de-chausse qui laissait sa jambe et ses pieds nus, quand elle ne bondissait pas de roche en roche, elle s'exerçait à tirer de l'arc ou de l'arbalète et ne manquait presque jamais le but qu'elle visait. Gurth l'emmenait avec lui chaque fois qu'il partait pour la pêche ; mais quand il arrivait une tempête et que le brigand allumait le fanal de son mât pour faire échouer quelque navire, Herlich, sous prétexte qu'il ne fallait pas exposer aux périls de la mer et aux outrages du vent une frêle créature comme Edwards, obtenait toujours qu'on laissât l'enfant dans la cabane. Le véritable motif qui la faisait agir de la sorte, c'est qu'elle ne voulait pas associer la jeune fille à des scènes de crime et de meurtre; c'est qu'elle ne voulait pas souiller la pureté de cœur de celle qu'elle avait adoptée. Oui, Herlich, la femme de Gurth, Herlich qui naguère frappait sans sourciller, sans une émotion, le naufragé qui lui demandait grâce, ne se sentait plus la même à présent. Elle aurait donné la moitié de sa vie pour se trouver au fond de quelque village paisible et n'être qu'une pauvre femme assise près de son foyer une quenouille à la main ! Mille inquiétudes maternelles emplissaient son cœur sur l'avenir de l'enfant qu'elle voyait grandir près d'elle et que ne tarderaient point à corrompre les exemples de Gurth ; car la joie de Gurth était extrême quand il voyait Edwards porter à ses lèvres une coupe pleine de vin et répéter les blasphèmes qui se mêlaient aux moindres paroles du brigand.

Ces inquiétudes sur l'avenir de son enfant d'adoption rendaient Herlich triste et rêveuse. On la voyait souvent passer des heures entières, assise sur quelque pointe de rocher, et, la tête cachée dans ses deux mains, se laisser aller à ses pensées. Alors le chérubin Asraël venait s'asseoir à côté d'elle ou voltigeait au-dessus de sa tête, afin d'attiser par son souffle divin la flamme généreuse que la pitié avait allumée dans le cœur de cette femme. Un soir que Gurth se trouvait absent, elle quitta tout à coup le rocher, mit la barque à flot et appela Edwards.

— Mon enfant, dit-elle il faut que nous fassions force de rames et que nous entreprenions un voyage qui sera long peut-être.

L'enfant sauta de joie, car elle ne se sentait à l'aise que dans la barque et sur les flots.

Herlich, inspirée par Asraël, avait résolu de profiter de l'absence de Gurth pour fuir, tâcher de gagner la côte de France et chercher sur quelque rive déserte de cette contrée une existence sans crime et sans remords. « Là, se disait-elle, je vivrai du travail de mes mains, j'irai à la pêche, je raccommoderai les voiles des pêcheurs, je mendierai même s'il le faut, mais du moins je sauverai cette jeune fille des remords qui me rongent le cœur; je n'aurai point à me repentir d'avoir causé sa perte. Dieu qui m'inspire me protégera! »

Et pour la première fois, cette femme, qui n'avait point prié depuis le jour où Gurth l'avait amenée sanglante dans sa cabane, cette femme, habituée au pillage et au meurtre, s'agenouilla pieusement, tendit les mains vers le ciel et essaya de murmurer une prière. Edwards, qui la vit faire, se plaça près d'elle, l'imita et de sa bouche enfantine récita les paroles qu'elle entendait sortir des lèvres de sa mère adoptive.

— Seigneur, Seigneur, protégez-nous!

Bientôt la barque, détachée de l'anneau qui la retenait au rivage, fut mise à flot et lancée à l'eau; la voile s'ouvrit, se gonfla, et le reflux emporta l'esquif en pleine mer avec la rapidité d'une flèche. Astaroth qui voyait sa proie lui échapper, et qui subissait avec d'autant plus de rage le triomphe d'Asraël que ce triomphe devait mettre un terme à l'exil de l'ange et le ramener dans le ciel, alla au-devant de Gurth qui revenait, lui inspira des pensées de colère et de crime, et hâta sa marche en le poussant de ses mains invisibles. Gurth arriva sur la rive au moment où Herlich et Edwards commençaient à mettre la rame en œuvre pour gagner tout à fait au large et donner plus de vitesse à leur esquif. Sans s'expliquer les motifs de leur fuite, il comprit néanmoins que toutes deux le fuyaient. Aussitôt il prit une flèche dans son carquois et l'ajusta sur son arc; la flèche siffla et elle aurait atteint le but, si la main d'Asraël ne l'eût détournée; mais Astaroth furieux s'élança d'un bond sur la chaloupe et poussa Herlich dans la mer. Herlich jeta un cri : Mon Dieu ! mon Dieu ! puis elle disparut sous les flots, qui se refermèrent sur elle.

Tandis qu'Edwards se livrait au désespoir et se demandait avec anxiété s'il fallait poursuivre sa route ou bien obéir à Gurth qui l'appelait du rivage, Gurth, furieux, se mit à la nage et se dirigea vers la barque. En ce moment, le ciel se couvrit d'éclairs, la foudre éclata et deux cadavres ne tardèrent point à venir se briser contre les rochers; cadavres hideux et sanglants, dans lesquels personne n'eût pu reconnaître les corps défigurés de Gurth et d'Herlich !

Cependant, Edwards, perdu au milieu des flots, Edwards qui venait de voir périr sa bienfaitrice, élevait les mains au ciel et répétait la dernière parole de sa mère adoptive, comme il avait répété le matin sa prière; car l'ange Asraël se tenait assis à la poupe de la barque; mais Astaroth, debout à la proue, troublait l'esprit de la jeune fille afin d'éloigner d'elle toute pensée religieuse, et jetait sur elle des pensées de terreur et de désolation. Sans le chérubin, il eût essayé de précipiter l'enfant dans les flots, car il commençait à craindre qu'elle n'échappât à l'enfer. Mais il n'osait tenter ce hardi projet : il se rappelait les cruelles tortures qu'il avait déjà subies sous les yeux de l'ange exilé, et un tremblement convulsif le saisissait rien qu'à la pensée de ces horribles souffrances. Tous les deux, en présence, attendaient donc cette lutte entre le ciel et l'enfer. Pour Astaroth, c'était une honte et une défaite qui l'exposeraient durant l'éternité aux impitoyables railleries des autres démons. Si Asraël était vaincu, il lui fallait attendre la consommation des siècles avant d'entrer dans le paradis, car Edwards, ou plutôt Edwigh, était le dernier rejeton de la famille de Williams... Astaroth croisa les bras sur sa hideuse poitrine : Asraël se mit à genoux et leva les yeux avec espérance vers le ciel. Mais Dieu ne voulait pas que tout fût terminé durant cette nuit : la mer s'apaisa peu à peu, les flots perdirent de leur agitation, la foudre cessa de gronder, les éclairs s'éteignirent. Edwigh, brisée par la fatigue et la douleur, s'endormit, et lorsqu'elle se réveilla, la barque se trouvait arrêtée parmi les rochers.

Quand la jeune fille s'éveilla, elle porta autour d'elle des regards de surprise : les événements de la veille lui semblaient un rêve pénible et douloureux. Mais lorsqu'elle vit qu'elle ne dormait point, lorsque le souvenir d'Erlich morte se présenta distinctement à sa pensée, elle se mit à pleurer avec amertume. Asraël, ému de pitié, détacha du bout de son aile la chaloupe et la dirigea vers une baie voisine, qui servit de port à ce frêle esquif. Edwigh alors s'élança sur le rivage et vit un jeune garçon qui passait près de là en courant ; elle voulut l'appeler, mais le cri qu'elle poussa était si rauque et si terrible, qu'il épouvanta l'enfant et le mit en fuite. Les parens de ce dernier, alarmés de le voir revenir pâle et tremblant, s'informèrent des causes de sa terreur et il leur répondit qu'un monstre avec de longs cheveux, se tenait sur les bords de la mer, prêt à dévorer ceux qui s'approchaient de lui. Tous aussitôt s'armèrent et coururent vers le rivage : ils s'arrêtèrent avec étonnement à la vue d'Edwigh, dont l'étrange et merveilleuse beauté prenait encore un caractère plus sauvage sous les derniers rayons du soleil couchant qui jetaient, à grands flots, sur elle les glorieux reflets de leur pourpre. Ses longs cheveux blonds épars, debout et appuyée sur une rame, elle regarda quelque temps avec un sourire la foule des pêcheurs rassemblés et marcha vers eux avec confiance. Par un mouvement de terreur machinal, les pêcheurs reculèrent devant cette créature inconnue. Edwigh n'en continua pas moins sa marche, surprise de la crainte qu'elle inspirait et voulut prendre dans ses bras un enfant que la précipitation de la fuite avait fait trébucher et renverser aux pieds de l'étrangère. Comme elle se baissait pour relever le petit effrayé, le père lança contre Edwigh le harpon qu'il tenait à la main et atteignit la jeune fille au milieu de la poitrine. Elle tomba sur le coup, se débattit pendant quelques minutes sur le sable, qu'elle couvrit de son sang; mais ce fut une crise rapide dont elle triompha bientôt. Habituée à la souffrance, la jeune fille surmonta la douleur qu'elle éprouvait, se releva et arracha de sa blessure le harpon. Cherchant ensuite du regard celui qui l'avait frappée; elle le reconnut, le poursuivit au milieu de la foule et le jeta bientôt à ses pieds. Alors il se fit un tumulte effroyable autour d'elle; chacun l'attaqua: seule contre tous, elle ne tarda point à céder au nombre. On la terrassa, on la couvrit de liens, on l'attacha fortement à un pieu et les pêcheurs, encore sous l'influence de la colère, se mirent à délibérer entre eux sur le sort de leur captive.

Tandis que les uns proposaient de lui donner immédiatement la mort, et que d'autres voulaient la réserver pour des supplices longs et cruels, Edwigh, épuisée par la colère et par la perte de son sang, tomba sans connaissance; une vieille la prit en pitié, se pencha vers elle pour la panser et entr'ouvrit la veste qu'elle portait.

— C'est une femme! c'est une femme! s'écria-t-elle alors.

Et elle interrogea Edwigh; mais Edwigh ne comprenait pas la langue dont se servait la vieille femme pour lui parler et répondit d'une voix mourante quelques mots en saxon. Ces mots ne furent point compris davantage par ceux qui l'entouraient. Par bonheur un vieux prêtre anglais, que la mort du roi Richard et les catastrophes survenues depuis cette époque avaient empêché de rentrer en Angleterre, attiré par le tumulte, quitta le petit ermitage qu'il s'était fait parmi les rochers, et se hâta d'arriver pour arracher, s'il en était temps encore, leur victime aux pêcheurs. L'ange et le démon qui planaient au-dessus du rivage reconnurent le vieux prêtre de Sainte-Marie-de-l'Arche : Asraël jeta un cri de joie, mais Astaroth rit de son rire amer.

— Ne te crois pas encore vainqueur, dit-il. Malgré la présence de cet auxiliaire. Edwigh n'a point reçu le baptême, Edwigh vient de verser du sang ; donc mon influence peut s'exercer sur cette prédestinée de l'enfer tandis que tu te vois forcé de rester inactif près d'elle.

En disant ces paroles, il descendit près de la jeune fille, et sans cesser d'être invisible, il l'entoura de ses bras immondes et la troubla du souffle de son haleine infernale. Edwigh, qui venait de succomber à un second évanouissement, ouvrit les yeux et se sentit animée d'une force étrange. Son cœur battait vite, son sang brûlait dans ses veines, son regard était allumé d'un éclat sinistre. Les femmes qui l'entouraient reculèrent effrayées et le vieux prêtre resta seul près d'elle.

— Venez, jeune fille, lui dit-il ; venez, vous n'avez plus de danger à craindre. Venez, un asile vous attend ! Je vais vous conduire dans un cloître voisin où vous trouverez des soins pour vos blessures et pour votre âme. Venez, accompagnez-moi.

Edwigh fit un mouvement pour suivre le vieillard : le démon l'arrêta et resserra plus étroitement encore l'étreinte dont il l'entourait.

Le vieillard prit la jeune fille par la main, mais Astaroth murmura des paroles fatales à l'oreille d'Edwigh, et celle-ci repoussa le vieillard si rudement, qu'il tomba et que sa tête alla frapper et se briser contre l'angle d'un rocher. Furieux à la vue de ce meurtre, les pêcheurs se jetèrent sur la meurtrière, dont le corps sanglant roula bientôt près du vieillard qui se mourait. Astaroth triomphant se penchait déjà vers Edwigh pour s'emparer de son âme ; Asraël s'agenouilla près du vieillard et lui murmura ces paroles à l'oreille :

— Elle n'est point baptisée, sauve-la.

Le prêtre, à cette inspiration céleste, se souleva, se traîna vers Edwigh expirante, et laissa tomber sur le front de l'infortunée quelques gouttes du sang qui coulait de ses propres blessures :

— Je te baptise au nom du Père, et du Fils et du Saint-Esprit, dit-il, et il mourut.

— Une larme de ta mère devait te sauver, s'écria l'ange en faisant allusion à ce qui s'était passé autrefois au pied du gibet de Williams Longue-Barbe, une larme de ta mère devait te sauver, et c'est une goutte de sang qui t'a rachetée. Dieu soit loué à jamais, car les secrets de sa Providence sont divins et impénétrables.

Alors on entendit le rugissement d'Astaroth vaincu qui retournait dans les enfers cacher la honte de sa défaite. Le chérubin Asraël remonta dans les cieux pour y conduire aux pieds de Jehovah deux âmes radieuses, tandis que les anges ses frères chantaient leurs plus harmonieux cantiques et mêlaient à leurs voix divines les accords sublimes de leurs harpes d'or.

FIN.

LE COCHER

Cologne est une ville mélancolique et mystérieuse : ses maisons noirâtes, ses vieux édifices et le pavé boueux de ses rues qui serpentent entre deux hautes rangées de pignons pointus, semblent la faire appartenir à un autre siècle et à d'autres mœurs que celles du temps où nous vivons. Sept montagnes la dominent, sept montagnes semblables à des fantômes; au-dessus s'élève le *Drachenfels* (le rocher du Dragon), hanté, suivant la tradition, par des esprits infernaux, et sur lequel, le soir, brillent des lueurs étranges, que les vieilles femmes se montrent avec effroi.

Et ce n'est pas seulement au *Drachenfels* qu'apparaissent ces clartés sinistres qui révèlent la présence funeste du tentateur : elles viennent encore attacher leurs flammes bleuâtres aux murs inachevés de l'*église du Dôme*, église que nuls efforts humains ne parviendront à terminer, car son architecte est le démon lui-même.

C'est auprès de cette église que stationnait depuis le matin, sans avoir trouvé une seule personne à conduire, le cocher de *sthulnagen* (1), Frantz Meyer. Jugez donc si durant tant d'heures de désœuvrement il s'était agité dans sa lourde et gothique voiture; et s'il en était descendu maintes et maintes fois pour venir se réchauffer à l'estaminet d'en face, en vidant quelques pots de bière couronnés de mousse.

Mais l'oisiveté jointe au manque de gain lui rendaient la boisson amère, et le visage de Frantz, au lieu de s'épanouir à la jubilation d'une joyeuse ivresse, devenait plus pâle et plus assombri, quoiqu'il eût bu de quoi se griser amplement en toute autre occasion. Mille pensées noires et sinistres assiégaient son esprit, et les habitués de l'estaminet se montraient avec surprise son attitude affaissée, son regard fixe, et le sang-froid avec lequel il continuait à téter une pipe froide et vide depuis longtemps.

— Qui le croirait ? dit la cabaretière à un gros jeune homme, court, plus attentif à regarder les beaux yeux de la blonde verseuse de bière, que le cocher de cabriolet ; qui le croirait ? j'ai connu ce gaillard-là la plus joyeuse de mes pratiques, et un

(1) Voitures du pays.

mort n'aurait pu s'empêcher de rire en écoutant les contes plaisants qu'il savait. Cependant alors, au lieu d'être, comme aujourd'hui, le propriétaire de son *sthulnagen*, il n'en avait que la location, et le seul salaire qui lui restât se composait de ce qu'il pouvait gagner au-dessus de six escalins. Sa gaieté s'en est allée quand l'argent est venu. Et pourtant l'homme qui peut gagner dix au douze escalins par jour, Dieu merci, ne devrait point engendrer mélancolie.

— S'il les a gagnés quelquefois, il ne les gagnera pas certainement aujourd'hui, répliqua le gros jeune homme, car il n'a point bougé de sa station depuis le matin.

— Voulez-vous que je vous serve une nouvelle pinte de bière? demanda l'adroite cabaretière, qui savait mettre à profit, pour sa vente, l'influence qu'exerçait sa beauté sur ses adorateurs.

Vous comprenez bien que le jeune homme ne refusa pas; mais ces nouvelles libations achevèrent si bien de l'enivrer qu'il tomba le visage sur la table, et qu'après y avoir barboté quelque temps, il finit par s'endormir du sommeil lourd que produit la bière.

Cependant la nuit était arrivée, noire, glaciale et sinistre. Le vent sifflait avec violence, et des tourbillons de neige venaient à chaque instant fouetter le visage de Frantz, et transir son malheureux cheval qui, les jambes écartées, les oreilles basses et la tête pendante, subissait les outrages de la tempête avec une résignation exemplaire.

Tout à coup, un effroyable blasphème s'échappa des lèvres de Frantz, et vint résumer tout haut les pensées maudites qui le préoccupaient depuis le matin.

— Il faut que le bon Dieu perde la tête! ajouta-t-il; oui, il faut qu'il soit fou, et qu'il prenne à cœur de se moquer de moi, pour me laisser de la sorte toute une journée sans gagner un double! Le guignon ne me quitte plus! Il faudra pourtant que cela finisse, ou bien je recommencerai ce que déjà..., ajouta-t-il, en frappant d'un énorme coup de fouet, son cheval qui tressaillit, glissa des quatre pieds sur le pavé couvert de verglas, et s'abattit sous le *sthulnagen*.

Oh, pour le coup la colère de Frantz fut à son comble ; il descendit de voiture, et il se mit à frapper à tort et à travers sur son cheval avec tant de violence, que son fouet se trouvait tout couvert de sang.

Pendant que cela se passait, un petit homme gros et noir, qui ployait sous le poids d'un paquet énorme, assez semblable à un sac de cuir, s'était arrêté pour regarder, avec un sourire à demi taquin, la colère du cocher Frantz.

Celui-ci fut enchanté de trouver une si belle occasion de se quereller, et de décharger sur une créature moins patiente que son cheval la colère qui l'étouffait.

— Dites donc, vous là-bas, cria-t-il d'un ton provocateur, est-ce que vous attendez que mon *sthulnagen* soit relevé, pour y monter, et faire une course?

Le petit homme regarda fixement le cocher, et dit, après quelques instants :

— Et pourquoi pas ?

— Vous m'avez encore l'air d'une belle espèce de pratique! Passez votre chemin, et n'ayez pas l'air de vous moquer du monde, ou nous verrons!

Et il marcha droit, le fouet haut, sur le petit homme qui ne sourcilla point, ne recula point d'une ligne.

Ils se trouvèrent ainsi face à face, et leurs yeux échangèrent des regards menaçants : ceux du petit homme jetaient une lueur tellement étrange, que l'audace de Frantz lui manqua tout d'un coup, et qu'il eut peur.

— Voyez-vous, fit-il d'un ton adouci et presque conciliateur il y a des moments où la patience échappe; et quand on n'a rien gagné de la journée, il est bien permis de ressentir de la mauvaise humeur.

— Tu n'as rien gagné de la journée! reprit le petit homme ; eh bien, tu gagneras quelque chose pendant la nuit. Ouvre ta voiture, que j'y place mon paquet et que je monte. Vite, maintenant, à mon côté, et en route!

Une vague terreur s'était emparée de Frantz, sans qu'il sût pourquoi, et il répondit :

— Il est bien tard, et je crois qu'il vaut mieux pour moi que je rentre au logis, et que je me couche.

— Partons ! répliqua l'autre déjà monté dans la voiture.

— Et puis mon cheval est fatigué.

— Partons !

— Voici bientôt dix heures, ajouta Frantz comme dernier argument; vous savez qu'à compter de dix heures il faut payer double le prix de la voiture.

— Partons !

Il fallut donc que Frantz terminât d'arranger les harnais de son cheval, et que, bon gré mal gré, il montât dans le *sthulnagen*, prît les rênes, et demandât :

— Bourgeois, où allons-nous ?

L'inconnu sourit.

— Où nous allons ? Que t'importe, puisque je te prends à l'heure ? Marche devant toi, et je t'indiquerai le chemin quand il le faudra.

Frantz donna un coup de fouet à son cheval; mais la rosse, si docile et si bénigne d'ordinaire, refusa de marcher : son maître remarqua en outre qu'elle montrait une agitation extraordinaire, et que la sueur ruisselait de toutes parts sur son corps ; elle piétinait, elle renâclait, elle étendait les naseaux en avant ; jamais elle n'avait manifesté ni de démonstrations si énergigues, ni de terreur pareille.

— Halte! s'écria Frantz, moins rassuré que jamais.

— Partons! répliqua le petit homme, en arrachant le fouet des mains de Frantz, et en le faisant siffler aux oreilles du cheval qui se prit à courir au grand galop et avec une vitesse surnaturelle.

Frantz ne savait plus où il en était; son cœur battait avec violence, sa poitrine éprouvait une oppression douloureuse, une main de fer semblait serrer son front, et une sueur glacée coulait sur son visage. Plusieurs fois il tira la bride pour arrêter la course de son cheval, qu'il s'attendait sans cesse à voir tomber. Mais rien n'y faisait, et le cheval courait, courait toujours au grand galop.

Ce n'était point là le seul sujet de terreur qu'éprouvât Frantz; car il sentait le paquet, placé par le petit homme, au fond du *sthulnagen*, sous ses jambes, s'agiter d'une façon étrange, comme si une créature y eût été enfermée. Bientôt même il crut entendre des voix plaintives s'en échapper, et il distingua ces mots :

— Pour l'éternité! pour l'éternité!

Ses cheveux se hérissèrent sur sa tête, et tout son sang se glaça dans ses veines.

Pendant ce temps-là, le petit homme, étendu dans le fond du cabriolet, et les mains paisiblement croisées sur sa poitrine, sifflait à mi-voix un air de ballade populaire.

BIBLIOTHÈQUE IMPÉRIALE IMPR.

Les voix répétèrent avec un accent inexprimable de désespoir et de douleur :

— Pour l'éternité ! pour l'éternité !

— Qu'est-ce que cela veut dire? s'écria Frantz, en interpellant le petit homme qui, sans tourner la tête, sans faire le moindre mouvement, répondit :

— Marchons !

— Je n'irai pas un pas plus loin : voici plus de deux heures que nous marchons, nous ne sommes plus dans la ville, et je ne sais comment nous en sommes sortis. Je ne connais pas les lieux que nous traversons; et puis les voix qui sortent de cette boîte, tout cela me prouve que je suis en ce moment le complice ou le jouet de quelque funeste mystère. Je n'irai pas un pas plus loin.

— Marchons !

— Non s'écria Frantz, non, et il tira si violemment les rênes du cheval, qu'elles se brisèrent. Mais l'animal ne s'arrêta point pour cela, et continua sa course étrange et rapide.

Alors Frantz voulut sauter à bas du *sthulnagen*, mais le petit homme tourna nonchalamment la tête et fixa sur lui un tel regard, que Frantz s'arrêta tout court.

— Si un cocher choisi par moi, et pris par moi, voulait me quitter en route, sais-tu bien que je l'enfermerais dans le sac qui se trouve sous nos jambes? dit le petit homme d'un ton qui faisait à la fois de ses paroles une plaisanterie et une menace.

Et il frappa des pieds sur le sac d'où partirent des plaintes déchirantes, mêlées de sanglots et de larmes, à travers lesquels on distinguait encore :

— Pour l'éternité ! pour l'éternité !

— Il se passe ici quelque crime ! je ne veux pas être le complice d'un crime ! s'écria Frantz éperdu. Arrêtez ! je veux descendre ; je veux vous quitter ; je ne veux pas être votre complice.

— Eh, vraiment ! Frantz Meyer, voici tout à coup de beaux scrupules qui te prennent. Tu ne les avais pas, s'il me souvient bien, le jour où une vieille femme monta dans ta voiture, un gros sac d'écus sur ses genoux, et te chargea de la conduire à quatre lieues d'ici, au château de Burgstradt ! Tu ne les avais point, mon garçon, car tu lui mis un mouchoir sur le visage, tu l'étouffas sans pitié, quoiqu'elle te demandât la vie au nom de ta mère, qu'elle avait connue. Cela dura deux heures. Deux heures ! deux longues heures, pendant lesquelles elle se débattit contre son assassin !

— Cela n'est point vrai ! cela n'est point vrai !

— Puis, reprit paisiblement le petit homme, comme s'il n'eût point été interrompu, puis tu descendis de voiture, tu creusas un trou au pied d'un arbre, et tu y déposas le sac, non sans avoir fait une entaille au chêne pour mieux le reconnaître.

Ensuite tu remontas dans ton sthulnagen, et tu ramenas le cadavre à Cologne, en disant : elle est morte d'une apoplexie foudroyante. Bien trouvé, mon garçon, bien trouvé ! C'est fort spirituel et fort plaisant; mais pour scrupuleux, tu veux rire.

— Taisez-vous ! taisez-vous ! J'irai partout où vous voudrez !

— A la bonne heure : car sans cela je t'aurais raconté une autre de tes aventures, non moins amusante : je t'aurais dit comment tu devins propriétaire du sthulnagen que voici. Ce n'était pas tout que d'avoir quatre mille livres tournois ; il fallait pouvoir en jouir : or, comment s'y prendre? Heureusement tu avais une vieille tante, qui passait pour riche, quoique de fait elle ne vécût que de son travail. Cette fois tu ne te servis plus de ton mouchoir ; car tu as de l'imagination : tu poussas la vieille ennuyeuse du haut en bas de son escalier ; et tu jetas de si beaux cris, tu versas des larmes si naturelles, que personne ne soupçonna la farce que tu avais jouée à ta tante. Puis, pendant le trouble général, tu glissas sous son chevet ton sac d'écus, placé provisoirement dans un coin obscur; puis tu fis l'étonné, quand près du sac on trouva un testament olographe de ta tante, testament que tu avais fabriqué le matin : et chacun en fut la dupe, le bourgmestre et les juges eux-mêmes. Ah, ah ! Frantz tu n'as pas eu de scrupules ce jour-là !

Et le petit homme riait, et Frantz, accablé, se mourait d'épouvante ; et les voix mystérieuses se lamentaient, et répétaient :

— Pour l'éternité! pour l'éternité!

— Avec une partie de l'héritage de ta tante, tu voulus acheter à ton maître ce sthulnagen et ce cheval qui nous conduisent si lestement à notre destination : le prix fut débattu long-temps; car le vieillard se montrait tenace et dur pour terminer l'affaire. Enfin, le marché fut conclu à neuf cents escalins, et le droit de maîtrise et d'exercice t'en coûta deux cents ; en tout onze cents escalins. Le vieux bonhomme te fit sa quittance, et se mit à compter l'argent ; l'argent qui tinte et produit une si douce musique; l'argent, dont les piles brillantes réjouissent la vue de façon si singulière. Tu regardais les escalins, tu les écoutais, tu les couvais de l'œil ; si bien qu'une heure après, la quittance se trouvait dans ta poche à côté des onze cents escalins ; et que le vieux bonhomme, assez fou pour monter avec toi dans un sthulnagen, gisait, la tête brisée, à côté de la voiture versée. Ah ! le fin chrétien que tu fais ! et quel bon tour tu jouas en cette occasion ! D'un coup de bâton briser la tête de cet homme, le porter dans ton cabriolet, partir au galop, verser de manière à ne pas détériorer la voiture, et à laisser croire que le vieux a péri par accident! Malin que tu es, va! Mais pour des scrupules, tu veux rire.

— Taisez-vous! taisez-vous !

— Et ta femme ! cette pauvre jeune créature qui t'entourait de soins si tendres, et qui te rendit tant de fois la pauvreté légère et presque douce ! Avec celle-ci, tu n'y pris point tant de façon. Il y a quatre jours de cela : la nuit, un oreiller sur le visage, et te voilà veuf ! Et dans quelque temps, tu peux épouser la veuve de ton ancien maître, de celui qui t'a vendu ton sthulnagen. Elle possède encore quatre voitures, et l'on sait qu'elle ne manque pas de fortune... Elle t'aime, et te voilà bientôt un riche et paresseux bourgeois, gagnant gros, sans soucis, et faisant conduire ses voitures par d'autres.

Sais-tu, ajouta le petit bonhomme, avec une ironie encore plus marquée, sais-tu que tu seras vraiment heureux alors, et que tu pourras vivre en honnête homme, à moins que tu ne veuilles devenir veuf une nouvelle fois, pour te livrer joyeusement et en liberté à la bonne vie de garçon... Je suis curieux de savoir quel nouveau moyen tu trouveras pour te débarrasser de cette femme. Le poignard laisse une blessure ; le poison se trahit par des symptômes irrécusables, et tu as trop d'esprit et de fertilité d'imagination pour user deux fois du même moyen. Dis, que feras-tu ?

Frantz ne répondit pas ; une vague espérance naissait au fond de son cœur. Je suis aux prises avec le démon, se disait-il, mais j'aperçois au fond de l'horizon les premiers feux de l'aurore, et le pouvoir de l'ange des ténèbres cesse avec la nuit.

En effet, à l'extrémité de l'horizon apparaissait une lueur rouge ; mais son éclat sinistre n'avait rien des splendides et suaves couleurs de l'aurore. On aurait dit plutôt le reflet sinistre d'un vaste incendie.

A mesure que le sthulnagen avançait, les lieux d'où partait cette lueur devenaient plus distincts, et Frantz aperçut une caverne immense d'où sortait la flamme à grands flots et avec de longs mugissements.

Le cabriolet partit avec la rapidité d'une flèche, et, en une seconde il se trouva devant l'entrée de la caverne.

Alors Frantz vit, à droite du cabriolet, un fantôme, la face livide et bleue : c'était la vieille femme étouffée.

A gauche, se tenait un autre fantôme, au regard creux et fixe : c'était sa première femme.

Un troisième, la tête sanglante et baissée, vint prendre les rênes du cheval, et Frantz reconnut son ancien maître.

Et il y avait une quatrième figure, dont tous les membres brisés se balançaient au hasard, et qui criait :

— Mon neveu ! mon cher neveu ! Bienvenu à mon neveu !

Mille spectres, mille démons dansaient, sautaient, hurlaient, et riaient aux éclats.

Le petit homme noir du cabriolet gardait seul son sérieux.

— Holà! eh! vous autres, au lieu de rire et de brailler, venez donc plutôt m'aider à décharger la voiture: j'ai pris le cocher à l'heure, et il ne faut pas que je perde mon temps ; car je paie double prix.

Deux démons s'approcherent du sthulnagen, et prirent, entre les jambes de Frantz le sac noir.

Ils déposèrent ce sac à l'entrée de la caverne, et l'ouvrirent. Alors il en sortit une figure pâle et tremblante de jeune homme.

— Pourquoi suis-je votre proie ? s'écria-t-il. Quel crime ai-je commis, que défendent les lois humaines ?

— Aucun, mon fils! Tu as été honnête homme selon la loi ; mais tu n'as pas fait de bien, et tu as accepté, et même tu as sollicité, toi, riche et indépendant, un héritage qui ne t'appartenait point et qui revenait à un collatéral indigent. Au feu! pour l'éternité!

— Au feu! pour l'éternité! répétèrent les démons; et ils jetèrent l'âme dans la fournaise.

On tira ensuite de la caisse apportée dans le cabriolet de Frantz l'âme d'un juge qui avait condamné un innocent, faute d'avoir écouté les plaidoiries; une jeune fille dont le fiancé était mort de chagrin, parce qu'elle l'avait dédaigné pour un parti plus brillant; un avocat qui avait plaidé une cause injuste ; un professeur qui avait enseigné une science qu'il ne savait pas; un maître qui avait donné de mauvais exemples à ses domestiques. Un ingrat, qui avait craché au visage de son bienfaiteur, et un banqueroutier qui avait ruiné cent honnêtes familles, passèrent encore du sac aux flammes éternelles.

— Maintenant, dit le petit homme noir, quand tout fut fini, maintenant, il me faut payer ce brave et honnête cocher, et comme il est scrupuleux de sa nature, je veux me montrer également scrupuleux avec lui.

D'abord, j'ai promis de le payer double.

Il le sera en effet ; car les damnés que nous sommes chargés de punir ne souffrent qu'en âme, jusqu'à ce que le jugement dernier nous rende leurs corps. Mais Frantz Meyer souffrira, lui, en corps et en âme, puisque je tiens son corps, ajouta le démon, en frappant de sa griffe terrible l'épaule de Frantz Meyer.

Que sa chair devienne donc incorruptible ! qu'elle souffre, sans s'altérer, la morsure du feu et les blessures de nos fouets de diamants !

Maintenant, que ce sthulnagen, cause première de tous ses crimes, devienne du fer rouge ! Que dans ce sthulnagen, à ses côtés, se placent les spectres de ceux que Meyer a si traitreusement assassinés ! Bien ! les voici tous les quatre.

Maintenant, pars, Frantz Meyer ; pars : tu es à côté de tes victimes; ton siége de fer rouge te dévore... Bon ! oh ! bien !... Pars, c'est pour l'éternité !

Et le sthulnagen de fer rouge partit au galop, à travers les flammes de l'enfer, et avec ce cri unanime des damnés.

— Pour l'éternité!

FIN.

TABLE DES MATIÈRES

LE BAISER DU DIABLE.

BIBLIOTHÈQUE IMPÉRIALE IMPR.

Paris. — Imprimerie Walder, rue Bonaparte, 44.

www.ingramcontent.com/pod-product-compliance
Ingram Content Group UK Ltd.
Pitfield, Milton Keynes, MK11 3LW, UK
UKHW020924180726
13838UKWH00002B/752

9 782329 265827